U0658595

黑暗中的笑声

LAUGHTER IN THE DARK　Vladimir Nabokov

弗拉基米尔·纳博科夫

龚文庠——译

上海译文出版社

图书在版编目（CIP）数据

黑暗中的笑声/（美）弗拉基米尔·纳博科夫（Vladimir Nabokov）著；龚文庠译.
—上海：上海译文出版社，2019.5 （2024.6重印）
（纳博科夫精选集．I）
书名原文：Laughter in the Dark
ISBN 978－7－5327－8071－6

I.①黑…　II.①弗…　②龚…　III.①长篇小说—美
国—现代　IV.①I712.45

中国版本图书馆CIP数据核字（2019）第053030号

Vladimir Nabokov
LAUGHTER IN THE DARK

图字：09－2005－111号

黑暗中的笑声	Vladimir Nabokov	出版统筹　赵武平
Laughter in the Dark	弗拉基米尔·纳博科夫　著	责任编辑　陈飞雪
	龚文庠　译	装帧设计　山　川
		版式设计　@broussaille私制

上海译文出版社有限公司出版、发行
网址：www.yiwen.com.cn
201101　上海市闵行区号景路159弄B座
上海新华印刷有限公司印刷

开本787×1092　1/32　印张7.5　插页5　字数163,000
2019年5月第1版　2024年6月第5次印刷

ISBN 978－7－5327－8071－6/I·4959
定价：59.00元

献给薇拉

一

从前，在德国柏林，有一个名叫欧比纳斯的男子。他阔绰，受人尊敬，过得挺幸福。有一天，他抛弃自己的妻子，找了一个年轻的情妇。他爱那女郎，女郎却不爱他。于是，他的一生就这样给毁掉了。

这就是整个故事，本不必多费唇舌，如果讲故事本身不能带来收益和乐趣的话。再说，裹满青苔的墓碑上虽然满可以容得下一个人的简短生平，人们却总是喜欢了解得尽量详细一点。

一天晚上，欧比纳斯忽然想到一个绝妙的主意。不过说实话，这主意并不完全是他自己想出来的，因为康拉德的作品里有一句话曾提到这种设想。不是那个著名的波兰人，而是《一个健忘者的回忆》的作者乌多·康拉德，——他还写过另一篇故事，讲的是一个老魔术师在告别演出时倏然遁去。不管怎么说，欧比纳斯喜欢这个主意，反复琢磨它，让它在头脑里生了根。久而久之，在心灵的自由王国里，这主意就成了他本人的合法财产。作为艺术评论家和绘画鉴赏家，他常喜欢开玩笑地在他收藏的现代风景画或肖像画上签署某位古代大师的名字，再用这些画把他的家装饰得像一座精致的美术馆——当然，那

1

全都是一些漂亮的赝品。有天晚上，为了松弛一下他那博学的头脑，他开始撰写一篇评论电影的短文。那不是什么高明文章，他并没有特别的才气。就在这个时候，那绝妙的主意冒出来了。

这想法是由彩色动画片引起的，那时候动画片刚刚时兴起来。他想，若用这种技法，把一幅人们熟悉的名画，最好是荷兰大师的作品，用鲜亮的色彩完美地再现于银幕，然后让画幅活动起来，那该多美妙！根据名画上静止的动作和姿态在银幕上创造出与原作完全协调一致的活动形象。比如说，一爿酒店，里面有一些小小的人物在木桌旁尽情饮酒，画面上还露出阳光照耀下的一角场院，院里有备好鞍的马匹——这图画忽然活动起来，那个穿红衣的小人放下手中的单柄酒杯，端盘子的姑娘猛地挣脱了身子，一只母鸡在门旁啄食。还可以让酒店里的那些小人走出来，从同一位画家所绘的风景中穿过——也许天空是褐色的，水渠里结了冰，人们穿着当时那种古怪的冰鞋，按当时流行的古老样式兜着圈子。也可以让几个骑马的人走在雾中湿漉漉的大路上，最后回到原先那爿酒店。然后所有人物逐渐各就各位，光线恢复原状。也就是说，让画面上的一切恢复到原作的本来面目。也可以拿意大利画家的作品来作试验：远处蔚蓝色的锥形山峰，一条白亮的盘山小路，游客们小小的身影正沿着山路蜿蜒而上。甚至宗教题材也不妨一试，不过只能选取人物画得极小的作品。动画设计师不光得充分了解原画的作者及他所处的时代，还得具有足够的技巧，以避免电影中人物的动作与原画作者描绘的动作发生矛盾，无法吻合——他必须根据原画设计出银幕上的各种动作——嘿，这完全办得到。至于色彩……一定要比一般动画片的色彩复杂得多。情节嘛，就得凭电影美术家去想像啦。他可以尽情地运用自己的眼睛和画笔，用自己创造的色彩描绘出一个浸润着个人艺术风格的世界！

过了一些时候，他和一位电影制片人谈起这个主意，可那人一点也不感兴趣。制片人说，这种影片的制作相当精细，需要对原先的动画制作法进行一系列别出心裁的改进，这就得花一大笔钱。他说，因为影片的设计处于试验阶段，所以一部片子的长度最多只会有几分钟。即便这样短，多数观众也会感到腻烦，片子就会失败。

后来欧比纳斯和另一位制片商谈起他的主意，又碰了一鼻子灰。"可以先搞一部简单的，"欧比纳斯说，"让一扇彩色玻璃窗上的图案——比如一个纹章图案或是一两个圣徒活动起来。"

"恐怕不行，"制片商说，"我们不能拿这种异想天开的玩意儿来冒险。"

可欧比纳斯仍不愿放弃他的设想。他终于打听到一个名叫阿克谢·雷克斯的聪明人，那人专会出新鲜点子。事实上，雷克斯设计的一部波斯神话片在巴黎趣味高雅的观众当中颇受欢

3

迎，却使出钱拍片的人破了产。欧比纳斯想见雷克斯，却听说他刚刚回美国去了。那人在美国为一家带插图的报纸画漫画。后来欧比纳斯设法与雷克斯建立了联系，雷克斯似乎对他的主意挺感兴趣。

三月里的某一天，欧比纳斯收到雷克斯一封长信，可就在接信的时候，欧比纳斯的私生活——纯粹是私生活——发生了一次突然危机。所以，他这个美妙的主意本可以继续生存下去，本可以找到一块地盘扎根、开花，却在最后的一个星期里莫名其妙地凋谢、枯萎了。

雷克斯在信里说，不要指望能够说服好莱坞。他还头脑清醒地建议说，既然你欧比纳斯很有钱，何不自己出资来实现自己的理想呢？这样的话，只要交给他雷克斯一笔钱（他说出一个惊人的数目），先支付一半，他可以根据布鲁盖尔的画作，比如说《箴言》，设计一部影片，或者随便由欧比纳斯选定一个题材，再由他绘制成动画片。

"如果我是你，就愿意冒这个险，"欧比纳斯的内弟保罗说。他身体壮实，脾气温和，前胸口袋上别着两支铅笔、两支钢笔。"普通影片花销更大，就是那种又打仗、又炸楼房的片子。"

"不过，那样的开销赚得回来，我花钱拍这种影片可就赚不回来了。"

"我好像还记得，"保罗喷着烟——他们快吃完晚饭了，保罗抽着一支雪茄——说，"你曾经打算出一大笔钱，并不少于他提出的这个数目。你到底怎么啦？前不久还挺热心的，怎么凉下来了？你该不会打退堂鼓吧？"

"呃，我也说不清。我发愁的是那些具体事务，否则我还会坚持原来的设想。"

"什么设想？"伊丽莎白问。

这是她的一种习惯——人家当着她的面已经谈得一清二楚的事情，她还要发问。这只不过是一种神经质，并不是由于她愚钝，或者心不在焉。而且往往一句话没有问完，她会边问边意识到，问题的答案她早就明白，她丈夫知道她这个习惯，但从不因此而生气，反倒觉得挺有趣。他会不动声色继续讲下去，心里知道（而且盼着），她过一会儿自己就能解答自己提出的问题。然而，在三月里的这一天，欧比纳斯心烦意乱，很不快活。他忽然发起火来。

"你刚从月亮上掉下来吗？"他粗鲁地说。妻子瞧着自己的手指甲，和颜悦色地说：

"噢，对了，我想起来了。"

然后，她转身朝正在狼吞虎咽地吃一盘奶油巧克力的八岁女儿伊尔玛大声说：

"慢点吃，乖，慢慢吃。"

"我认为，"保罗吸着雪茄说，"每一种新发明都——"

欧比纳斯胸中窝着一股无名火。他想："我凭什么要理那个雷克斯，为什么要在这儿闲磨牙，还有什么奶油巧克力，真是无聊透顶……我都快发疯了，可谁明白我的心思？我已经管不住自己了，没办法，明天我还得去，坐在黑洞洞的大厅里，活像一只呆鸟……真是莫名其妙。"

的确是莫名其妙。结婚九年了，他一直规规矩矩约束着自己，从来没有——"说实在的，"他想，"不如直截了当把这件事告诉伊丽莎白；或者和她一道去外地避一避；或者找个心理医生谈谈；或者干脆……"

唉，不行。哪能仅仅因为一个素不相识的姑娘吸引了你，就开枪把她杀了呢。

二

　　欧比纳斯在情场上从未交过好运。尽管他生得体面，举止
沉稳，很有教养，可不知为什么，他却没能从这些讨女人喜欢
的优点中得到实际的好处。他那甜美的笑容和温柔的蓝眼睛的
确逗人喜爱，当他用心思索的时候，那双眼睛会微微鼓出。因
为他的脑筋不大敏捷，所以眼睛鼓起的次数略嫌多了一些。他
很善谈。稍许有些口吃，这倒给极其平淡的话增加了一点新鲜
感。最后还得提一句（因为他生活在沾沾自喜的德国人当中），
他父亲给他留下了一笔可观的遗产。然而尽管如此，风流韵事
一到了他的名下却总变得寡淡无味了。

　　做学生的时候，他和一位多愁善感的中年妇人发生过一场
乏味的恋爱。战争期间，他在前线收到她寄来的紫红袜子、扎
得人发痒的毛衣和大量潦草地写在羊皮纸上的长篇情书。后
来他在莱茵河一带遇到一位教授夫人，两人有了瓜葛。她很
美——如果在某种光线下，从某个角度望去的话。但她太冷
淡，太忸怩，没多久他就和她分手了。最后一次恋爱在柏林，
就在结婚前不久，有一位瘦削、阴郁、其貌不扬的女人每星期
六晚上来看他。那女人总爱一点一滴地叙述往事，没完没了地
重复讲过的话，在他怀里一个劲地唉声叹气，每次总是以她惟

一会说的一句法语结束抱怨："C'est la vie[1]." 他总是出错，总在试探，却总是失望。为他效力的爱神丘比特一定十分笨拙，胆怯，不善于想像。就在这几次平淡无奇的恋爱发生的过程中，他遇到过许多自己曾经朝思暮想的好姑娘，可他无法结识她们。这些姑娘只是擦肩而过，使他好几天怅然若失；美是可望而不可即的，像金色霞光衬托下的远方孤树，像涟漪映照在桥洞壁上的粼粼波光。

他结了婚，尽管他也还喜欢伊丽莎白，却无法从她身上获得一直迫不及待地渴求着的那种爱的激情。她是一位著名的剧院经理的女儿，是一个苗条、纤弱的金发姑娘，有一双浅色眼睛。就在她那小巧的鼻子上边一点，生着几颗楚楚动人的小雀斑。英国女作家们描述她那样的鼻子时常爱用一个法文字"retroussée"（为了保险后边得多加一个字母"e"）[2]。她的皮肤极为细嫩，轻轻摁一下就会出现一小块红痕，好半天才消失。

他娶她纯粹由于一次偶然的机会。他去山里野游遇见了她，同行的有她那个胖兄弟，还有她的一个身材十分矫健的表妹。谢天谢地，这位表妹在邦特累西纳扭伤了脚。主要是这次野游促成了他们的婚姻。伊丽莎白长得那么轻盈、秀丽，她的笑容又是那么无忧无虑。为了避开柏林亲友们的打扰，他俩跑

1　法文，这就是生活。
2　这个法文字意为"翘起的"，按照法语文法，加"e"后成为阴性形容词。

到慕尼黑去结婚。栗树花正在盛开。一个心爱的烟盒失落在某个花园里了。旅馆的一个侍役会讲七种语言。伊丽莎白身上有一块嫩疤——那是阑尾手术留下的痕迹。

她是个依附于丈夫的女人，顺从、温柔。她的爱像百合花一般雅淡，但时而也能炽烈地燃烧起来。在这种时候，欧比纳斯就会错误地以为，他不需要另寻新欢了。

怀孕之后，她眼里显出一种空虚而满足的神情，似乎她正凝望着自己发生了新变化的内心世界。她走路时再也不像先前那样漫不经心，而是谨慎地蹒跚而行。当四顾无人的时候，她会急忙捧起一团雪，贪婪地吞咽下去。欧比纳斯尽力照料她，带她出外漫步，让她早睡，将屋里凡是妨碍她走动的有棱角的器具都重新归置一番。然而，在夜间他梦见遇到了一位年轻的女郎正伸开手脚仰卧在炎热、静寂的海滩上。这时他突然感到一阵恐惧，怕被妻子发现。早晨，伊丽莎白对着穿衣镜审视膨胀起来的腹部，满足而又神秘地笑了。后来有一天，她被送进一家小型私人医院，欧比纳斯独自住了三周。他不知怎样打发时光，喝了不少白兰地，心里翻腾着两个想法。这两个念头同样不祥，性质却不同：一个是，他担心妻子会死去；另一个是，只要有足够的勇气，他可以到外边交一个女友，把她带回自己一人空守的卧房。

孩子生得下来吗？欧比纳斯在刷了白灰、涂了白瓷釉的长长的走廊里徘徊，楼梯顶上放着一盆梦魇中见到的那种棕榈树。他恨这棕榈树，恨这令人沮丧的一片白色，恨那些衣服沙沙作响、头戴白帽、脸色红润的护士。她们总想把他撵出去。最后，外科助理医生走出来沉着脸说："好了，完事了。"欧比纳斯眼前下起一阵黑色细雨，像一部旧得闪闪烁烁的影片（一九一○年的旧片，一个急速行进的送葬队伍，步子走得太快了）。他直奔病房，伊丽莎白已经顺利地生下了一个女婴。

初生婴儿肤色发红，脸皱得像一只瘪了的气球。不过她的皮肤很快就光润起来。一年之后她开始说话了。现在她已经八岁，却远不像起初那么爱讲话，她继承了母亲那种沉默寡言的秉性。孩子快乐的天性——一种与众不同的，不惹眼的快乐——也像她母亲，这是对生存于人世所感觉到的一种沉静的快乐，有点像是因为自己居然能活着而感到惊喜交加。用一句话来概括：这是一种凡尘的快乐。

这些年来，欧比纳斯一直是个忠实的丈夫。然而那互相矛盾的双重感情却时常在扰乱着他的心。他知道，他真诚、体贴地爱着妻子。的确，他已经尽了一切可能来爱她。他待她十分诚挚坦率，惟独隐瞒了那个秘密而荒唐的热望，隐瞒了那个梦，隐瞒了将他的生活烧穿了一个窟窿的那团欲火。他寄出或收到的每封信她都要看。她喜欢详细了解他所从事的行当——特别是如何处理那些颜色灰暗的旧画，在画幅破裂的地方常能看到白色的马臀或是一张阴郁的笑脸。他们去国外旅行过几次，玩得挺痛快。他们在家里度过了许多幽静的傍晚，他和她一道坐在高临于青灰色街道上方的阳台上，电线和烟囱像是用印度墨汁勾勒在夕阳的背景上。这时他会因为自己生活得如此幸福而感到受宠若惊。

一天晚上（就在他们谈起阿克谢·雷克斯之前一个星期），他去一家咖啡馆赴一次事务性的约会。半路上他发现自己的表快得出奇（这已经不是第一次了），比约定的时间早出了整整一个小时。他得设法打发掉这意外得来的时光。他家住在城市的另一端，现在转回家去未免有些荒唐，但他也不愿坐在咖啡店里干等——看到别的男子与女友约会，他就不痛快。他信步走去，不觉来到一家小影院前。影院的灯光在雪地上投下一块猩红色亮光。他朝广告牌瞥了一眼，上面画着一个男子抬眼望着一扇窗子，窗内有一个穿睡衣的孩子。他迟疑了一阵，终于买了一张票。

刚刚走进那一片漆黑之中，就有一只电筒的椭圆形光束朝他移动过来（像通常一样），这光束迅速而熟练地带领他在黑暗中走过微成斜坡的过道。正当手电光落在他手中的票上时，欧比纳斯看见了这姑娘俯视的脸庞。他随着她向前走去，隐约辨出她那十分娇小的身影及均匀、迅速而不带感情的动作。他跌跌撞撞地摸索到自己的座位，抬头望了她一眼，又看到她那清澈的眼睛里映出周围偶然闪现的一星光亮。他看到她那绰约显现的脸庞，像是一位大师在黢黑的背景上画出的一幅肖像。这一切都极为寻常——他先前也有过类似的经历。他知道，这种事不值得挂在心上。她离开他，消失在黑暗中。他忽然闷闷不乐起来。他进场时电影快演完了——在一个持枪的蒙面汉子威逼下，一位女郎在一大堆乱七八糟的家具中往后退缩。因为没看到开头，这没头没脑的半截影片使他看得莫名其妙，当然也提不起兴致。

影院的灯光刚刚一亮，他又看见了她。她站在出口处，紧挨着一道极为丑陋的紫色门帘。她将门帘撩在一边，观众从她身边涌出门去。她一只手插在绣花短围裙的口袋里，上身穿的黑色紧身羊毛衫紧裹着她的手臂和胸脯。他盯着她的脸，简直怔住了。这是一张白皙、冷峻、俊俏得惊人的脸庞。他猜想她大约有十八岁。

整个剧场几乎空了下来，新入场的观众在一排排座位间费力地横行。她走来走去照应观众，好几次经过他身边，他却故意扭过头去，因为看见她，他会难过。他会情不自禁地想起，美人——或者是他认为的美人——多少次来到身边，却又失之交臂，永远没有了踪影。

他在黑暗中又坐了半个小时，那双鼓起的眼睛紧盯着银幕。然后他起身走出来，她为他撩起帘幕，木制的帘环磕磕碰碰响了一阵。

"唉，再瞧她一眼吧，"欧比纳斯忧伤地想。

他觉得她的嘴唇似乎颤了一下。她放下了帘幕。

欧比纳斯踩进一个血红色的水坑。雪正在消融，夜里空气潮湿，街灯的各种坚实的色彩也都开始融化，互相渗透起来。"百眼巨人"这名字倒挺适用于电影院。

三天之后，他感到实在无法把她从记忆中抹去。当他再次走进那家影院时——又是影片演了半截的时候——他感到自己激动得有些可笑。一切都和头一次完全相同——游动的手电光，像鲁伊尼[1]画中那样的狭长的眼睛，在黑暗中迅疾移动的步子，当她撩门帘时裹着黑袖的胳膊那优雅的动作。"任何正常的男人都懂得该怎么办，"欧比纳斯想。一辆汽车飞驰在平坦的大道上，前方是急转弯，一边靠峭壁，一边临深渊。

离开影院的时候，他想捕捉住她的目光，但没有成功。人们不断从剧场涌出。深红的灯光映照在路面上。

如果没有去第二次，他兴许会忘掉这偶然的经历，但现在悔之莫及了。他第三次去那家影院，下定决心要朝她笑一笑。如果成功的话，他会向她投去极为勇敢的一瞥。然而他的心跳得嗵嗵地响，他终于失去了这次机会。

第二天保罗来吃晚饭，他们谈起雷克斯，小伊尔玛大吃奶油巧克力，伊丽莎白又像往常那样明知故问。

"你刚从月亮上掉下来吗？"他问。为了弥补自己的唐突，他咻咻傻笑了一下，笑得太迟了。

晚饭后他坐在长沙发上他妻子的身边。他轻轻吻她，她正

---

1 Bernardino Luini（1485—1532），意大利文艺复兴时期画家。

翻看一份妇女杂志上的服装图片。他呆呆地想：

　　"算了吧，我过得很快活，该有的不是都有了吗？那个在黑屋子里飘来荡去的小妖精。……真想卡住她漂亮的脖子，把她掐死。好了，就当她已经不在人世，我再也不到那儿去啦。"

三

她叫玛戈·彼德斯。她父亲是个看门人，在战争中被炮弹震坏了脑子，长着满头银发的脑袋不停地颤动，似乎总在以此证明他的怨愤与忧愁。谁若说了一句稍微不中听的话，他就会怒气冲天地发作一通。她母亲还很年轻，但已被生活磨蚀成一个麻木、粗俗的女人。她的手掌通红，是经常揍人的见证；头发总用一块帕子扎住，以防干活时落上尘土。但是，在每星期六大清扫之后——这活计主要依靠巧妙地连结在电梯上的一架真空吸尘器来完成——她便穿戴起来，出门会亲访友。房客们都不喜欢她，因为她态度蛮横，总是粗鲁地命令他们在门口的垫子上把鞋底蹭干净。她一生最崇拜的偶像就是楼梯，并不是她把楼梯看成是上升天国的象征，而是把它看成必须擦拭得一尘不染的物件。所以，她做的最可怕的噩梦（在吃了太多土豆和泡菜之后），就是一段洁白的楼梯被人从头到尾左一脚右一脚地踩出一长串黑色脚印。她是个贫苦妇人，这没什么可以取笑的。

玛戈的哥哥叫奥托，比她大三岁，在一家自行车厂工作。他看不起父亲不死不活的共和派观点，常在附近的小酒馆里唾沫横飞地大谈政治。

他用拳头敲着桌子说:"人生头等大事就是填饱肚子。"这是他的基本准则——也的确是一条明智的原则。

玛戈小时候上过学,在学校挨耳光的次数比家里少得多。小猫最常见的动作是突然而连续的轻跳,她的习惯动作则是猛地抬起左手护住脸颊。尽管如此,她还是长成了一个伶俐活泼的姑娘。

刚到八岁的时候她就兴奋地和男孩们一道又嚷又闹地在街上踢柑橘般大小的橡皮球。十岁时她学会了骑她哥哥的自行车。她光着胳膊,骑着车飞快地在马路上兜来兜去,一双黑辫子飞在身后;她会突然刹车,伸出一只脚踏在人行道上,沉思起来。十二岁时她变得文静了一些。

她最大的爱好是站在大门口和运煤工的女儿絮絮叨叨议论前来拜访某位住户的那些女客,或是评论过往行人戴的帽子。有一次她在楼梯上拾到一个破旧的手提包,里边装着一小块杏仁香皂,上面粘着一根卷曲的细毛,提包里还有六七张古怪的照片。又有一次,做游戏时老爱捉弄她的一个红发男孩亲吻了她的颈背。后来,有天晚上,她发了一阵歇斯底里。他们朝她身上浇了一盆冷水,又把她痛打了一顿。

一年后她已经出落得相当俏丽,常穿一件红色短袖紧身衫,着了魔似的爱看电影。每当回想起这段时期,她总有一种受压抑的感觉——那明亮、温暖、宁静的黄昏;入夜前商店的插门声;父亲叉开腿坐在门口的椅子上;母亲双手叉着腰;丁香树藤悬垂在栅栏上方，冯·布洛克夫人上街回来，用一只网兜提着买来的东西；女仆玛莎带着一头灵猩狗和两头硬毛狗正要过马路……天渐渐暗了下来。她哥哥会带来两个壮实的伙伴，他们会跑过来推挤着逗她，拽她的一双光胳膊。哥哥的两个伙伴中有一个长着影星维德那样的眼睛。楼房的上部仍然沐浴着金色的夕阳，街道却已经寂静下来，只是在街对面的阳台上有两个秃顶的男子在玩牌。他们敲打桌子和说笑的声音都听得一清二楚。

刚满十六岁时，她结识了附近一家文具店里一个站柜台的姑娘。那姑娘的妹妹已经开始挣钱养活自己，她在给画家当模特儿。于是玛戈也梦想当模特儿，然后再当电影明星。她把从模特儿到影星的过渡看得相当简单———旦上了天空，她这颗星星就会发亮。就在那时她学会了跳舞，常和那女售货员一道去"天堂"舞厅，那些有了一把年纪的男子毫不客气地过来邀她随着忽而轰响、忽而呜咽的爵士乐跳舞。

一天，她正站在街道拐角处，一个骑一辆红摩托车的人忽然停下车来邀她一道去兜风。这人她以前曾见过一两次。他的亚麻色头发朝后梳着，衬衫的后背在飘舞，停车之后仍被风兜起胀得鼓了起来。她笑一笑，上车坐在他背后，整理了一下裙子。摩托车飞快地开动了，他的领带飘起来碰着她的脸。他把她带到城外，停了车。这是一个晴朗的黄昏，蚊虫成群飞舞，织补着一小块天空。到处一片寂静———四周是静悄悄的松树和石楠。他下了车，挨着她坐在一条小沟旁。他告诉她，去年他就这样把车一直开到了西班牙。他用一只胳臂搂着她，开始放肆地狂吻乱摸。她感到很不舒服，难受得直犯恶心。她从他怀里挣脱出来，哭了。

"可以让你亲吻，"她抽泣着说，"可请你不要乱来。"

小伙子耸耸肩，发动了引擎。车子开动，跳了一跳，忽地急转弯，一溜烟开走了，留下她独自一人坐在一块路碑上。她步行回了家。奥托曾看见她离家。他朝她脖颈上打了一拳，又熟练地踢了她一脚。她摔到缝纫机上，撞伤了。

第二年冬天，那女售货员的妹妹引她去见了列万多夫斯基太太。那是位上了年纪的妇人，生得挺匀称，举止也挺斯文，美中不足的是嗓门粗了点，脸上还有巴掌大的一块紫斑。她常向人解释说，那是因为她母亲怀她时叫一场火灾吓着了。玛戈搬进太太公寓里一间仆人住的小房。她父母巴不得她早点搬出去，自然感到庆幸。他们认为，任何邪恶的职业都会因为赚来金钱而变得圣洁起来。这样一想他们就更心安理得了。她哥哥喜欢用威吓的口吻谈论资本家如何收买穷人家的闺女，幸运的是他出门到布雷斯劳做工去了。

玛戈起初在一家女子学校的教室里当模特儿，后来她到了一个真正的画室。画她的既有女人，也有男人——多数都相当年轻。她一丝不挂地坐在一小块地毯上，柔润的黑发修剪得很美，双腿蜷曲着，头倚在白得显出青筋的胳膊上，苗条的脊背微朝前倾（秀美的双肩当中有一层细细的汗毛，一个肩膀抬起来托着红润的腮），正作出一副忧愁、倦怠的姿态。她斜睨着一会儿抬眼一会儿低头的学生们，听着炭笔勾勒线条的沙沙声。

为了解闷她常会挑选一个最好看的男子，等他张着嘴、皱着眉抬起头来，她就含情脉脉地送去一个秋波。她丝毫未能引起他的注意，为此她大为恼火。先前她满以为像这样独自坐在明晃晃的灯光下供人欣赏一定非常有趣，结果坐在这儿只能累得她浑身发僵，毫无半点趣味。为了找点乐趣，她在去画室前搽上脂粉，在燥热的唇上涂唇膏，把本已很黑的睫毛描得更黑。有一次她居然把乳头也抹上了口红，结果招来列万多夫斯基太太一顿臭骂。

于是，时光一天天流逝，玛戈自己也说不清她追求的目标到底是什么，尽管她总在梦想有一天成为影星，穿着体面的皮衣，一位体面的旅馆侍者撑着一把大伞把她扶出一辆体面的轿车。她仍然不知道怎样才能从这铺着陈旧地毯的画室一步跨入那富丽堂皇的世界。就在此时，列万多夫斯基太太第一次向她提起外省来的那个害单相思病的年轻人。

"你得交一个男朋友，"那位太太一边喝咖啡，一边不经意地说，"像你这样精力充沛的姑娘哪能没个伴儿？这小伙子挺老实，咱们城里的风气太坏，他想找一个纯洁的好姑娘。"

玛戈正把列万多夫斯基太太肥胖的黄猎狗抱在膝上，捏起它丝绸般柔滑的两只耳朵，让两个耳尖在它小巧的头顶碰在一起（耳朵孔里面像是用旧了的深粉红色吸墨纸）。她头也不抬地说：

"呃，现在还用不着。我不是才十六岁吗？找朋友干什么？有什么好处吗？我可见识过那些家伙。"

"傻姑娘，"列万多夫斯基太太不紧不慢地说，"我说的不是那种二流子。这是个大方的少爷，他在街上看见你，就做起相思梦来了。"

"一定是个老病鬼吧？"玛戈吻着猎狗脸上的肉疙瘩。

"傻丫头，"列万多夫斯基太太又说，"他才三十岁，脸刮得光光的，很有身份，打着丝领带，叼着金烟嘴。"

"走吧，出去遛遛，"玛戈对猎狗说。那狗从她膝上"扑通"跳到地板上，沿着走道跑开了。

其实，列万多夫斯基太太说的那位绅士绝不是什么老实巴交的乡下人。他通过两个热心的商人和太太挂上了钩。在乘船从不来梅到柏林的途中，他和两位商人一道玩扑克时结识了他们。起先谁也没有谈到价钱，那位拉皮条的女人只给他看了一张照片——姑娘抱着一条狗，迎着阳光在微笑。米勒（他说他叫这个名字）只是点了点头。约会那天，太太买了些糕点，煮了好多咖啡。她相当精明地劝玛戈穿上那件旧紧身衫。

快六点时门铃响了。

"得尽量小心，不能上当，"玛戈想，"如果讨厌他，就对太太直说。要是不讨厌，也得先考虑一段时间。"

可惜的是，碰到米勒这个人，事情就不那么简单了。首先，他生着一张很有特色的脸，蓄得很长的头发没有光泽，随意地梳向脑后。这头发看起来干巴巴的，很古怪，当然不是假发，可非常像假发。他的脸颊深陷，因为颧骨太高。他脸色雪白，像敷了一层薄粉。他目光敏锐，爱眨巴眼，滑稽的三角形鼻孔一刻不停地翕动，让人想起一只山猫。脸的下半部较为沉稳，嘴边的皱纹一动也不动。他的衣服挺有异国风度——鲜蓝的衬衫配一条浅蓝领带，上身穿深蓝礼服，下身着一条极肥大的裤子。

他长得又高又瘦，在列万多夫斯基太太漂亮的家具之间绕行的时候，他的宽肩膀动作十分优雅。玛戈曾经把他想像成另一副模样。她不知所措地呆坐着，感到很难堪。米勒贪婪地打量她，像是要用眼睛把她活吞下去。他嗓音干涩地问她叫什么名字。她告诉了他。

"我是小阿克谢。"他说完淡淡一笑，忽地转过头去继续与列万多夫斯基太太谈话。他们一本正经地谈论柏林的景致，他对女主人彬彬有礼的样子颇含讽刺意味。

他忽而又停止了谈话，沉默起来，点着一支香烟。烟卷上的一点纸屑粘在他丰满的红唇上，他用手指把它拈下来。（那只金烟嘴呢？）

他说："怎么样，太太，我有一张前排的好票，是瓦格纳的歌剧，您一定会喜欢。戴上帽子赶紧走吧。叫辆汽车，车费也归我付。"

列万多夫斯基太太向他致谢，却又正色回答说，她更愿意留在家里。

"我跟您单独谈谈行吗？"米勒问。他显然有些恼火地从椅子上站起来。

"再喝点咖啡，"太太不动声色地建议说。

米勒焦躁地舔舔嘴唇，又坐下了。后来，他换了一副随和的笑脸讲了个笑话。他说，他的一个朋友是歌剧演员，有一次扮演洛恩格林[1]，因为喝酒太多，手脚不灵，没能及时登上天鹅船，只好眼巴巴地等候下一趟。玛戈先是咬住嘴唇，终于忍不住格格地大笑起来。列万多夫斯基太太也笑了，高耸的胸脯抖动着。

"很好，"米勒想，"老东西想让我当害单相思的笨蛋，当就当吧，可我得给她点颜色看看。我要扮演一个十足的傻子，要演得比她想像的还要傻。"

于是第二天他又来了。以后又接着来了几趟。列万多夫斯基太太只收到一小笔定钱，还没拿到全部酬金，所以她始终伴在玛戈身边，一刻也不让她和他单独留在房内。不过有时玛戈

---

1 Lohengrin，德国作曲家理查德·瓦格纳（Richard Wagner，1813—1883）的三幕歌剧中的主角，是十世纪安特卫普传说中的一位骑士。歌剧的结尾，洛恩格林乘坐一艘由天鹅拖着的船离开了他新婚的妻子。

夜里要牵狗出去散步。米勒会忽然从黑暗中走出来，跟随在她身边。玛戈很紧张，便不由自主地加快了脚步，顾不上手里牵着的狗了。那条狗微微欠起身子摇摇摆摆跟在她身后跑。列万多夫斯基太太终于觉察到他们这样在外面秘密相会，于是就自己牵狗出来散步了。

这情形持续了一个多星期。米勒决定采取行动。他现在光凭自己就可以达到目的，用不着那女人帮忙，所以再付她一大笔酬金就太不值得了。一天晚上他又给她和玛戈连讲了三个笑话。她们从没有听过这么滑稽的故事。他喝了三杯咖啡，然后走到列万多夫斯基太太跟前一下子抱住她，把她推进卫生间。他从外边将门反锁，灵巧地拔出钥匙。那可怜的女人给弄得晕头转向，整整五秒钟没发出一点声音。但后来——噢，上帝呀……

"收拾东西跟我走，"他转身对玛戈说。她站在房子中间，双手抱着头。

他带她去头一天为她租好的一间小公寓，刚一跨进门槛，玛戈就欣然服从了命运的安排。这命运已经等了她许久。

她很喜欢米勒。他的拥抱和亲吻令她陶醉。他跟她说话不多，却时常把她抱到膝上，一边思索着什么，一边默默地笑着。她猜不出他来柏林干什么，也猜不出他的职业，不知道他住在哪家旅馆。有一次她搜了他的衣袋，结果被他狠狠骂了一顿。她决定下次再干的时候谨慎一点，可他防范得太严了。

他一出门，她就担心他再也不会回来。除了这种时候，她觉得快活极了，希望和他永不分离。米勒不时送她一点小礼品，丝袜子啦，粉扑啦，都不是什么值钱东西。不过他带她去讲究的餐馆吃饭，带她看电影，然后去咖啡馆。有一次一位著名的电影明星在距他俩不远的一张桌旁坐下，她激动得连呼吸都急促起来。米勒抬头看到那位影星时，两人互致问候。这更使她激动得透不过气来。

再说米勒。时间一长，他越来越尝到玛戈的甜头。往往正在打算撇下她的时候，他会忽然把帽子一扔，决定留下来不走。顺便提一下，她从他那顶便帽的里子里发现他曾去过纽约。他们就这样一道度过了整整一个月。后来有天早晨他比往常起得早，说他非走不可了。她问他得走多久，他盯着她看了一阵，然后在房间里踱来踱去，身上穿着紫色睡袍。他不住地搓着手，像在洗手似的。

"永远不回来了，我想，"他忽然说。他看也不看她，就开始换衣服。她以为他大概在开玩笑，就一脚踢开了被单（屋里的确很热），转脸朝墙躺着。

"可惜我连你的一张照片也没有，"他边穿鞋边说。

随后她听见他收拾东西，锁上了他带到小公寓来的那只装零星用品的小提箱。过了几分钟，他说：

"别动，也别回头看。"

她没有动。他在干什么？她扭动了一下裸露的肩膀。

"别动，"他又说。

沉默了几分钟。她听到一种有些耳熟的沙沙声。

"现在转过来吧，"他说。

玛戈仍然一动不动地躺着。他走到她跟前，吻她的耳朵，然后迅速地走出门去。那亲吻的声音在她耳里响了好一阵。

她在床上躺了一天。他再也没有回来。

第二天早晨，她接到从不来梅打来的一个电报："房费付到七月份。再见，宝贝儿。"

"老天，他走了我可怎么办？"玛戈大声说。她冲到窗前，猛地推开窗子，打算往下跳。正在这时开来一辆红黄两色的救火车，呜呜响着停在街对面的楼前。一群人聚拢了。从顶楼一扇窗子里喷出浓烟，烧焦的黑纸屑随风飘舞。她看火看得入了神，竟忘记了刚才的念头。

她手里没剩下多少钱，绝望地来到一家舞厅，就像电影里被遗弃的少女那样。两个日本绅士过来跟她搭话。在喝了过量的鸡尾酒之后，她答应陪他们过夜。第二天早晨她要他们付两百马克，两个日本绅士给了她三马克半，全是零钱，然后把她撵出了门。她决定下次要学聪明些。

有天晚上，在一个酒吧间，一个鼻子长得像烂梨的胖老头用皱巴巴的手抚摩她膝头上细嫩的皮肤，一边若有所思地说：

"又见到你了，朵拉。我真高兴。去年夏天咱们玩得多痛快，还记得吗？"

她笑了，回答说，他一定是弄错了。老人叹了口气，问她想喝点什么。后来他开车送她回家。在车里他趁着黑暗放肆地对她动手动脚，她气得跳下了车。他跟在后边几乎流着眼泪恳求她下次再和他见一面。她留下了自己的电话号码。等老头替她付清一直住到十一月份的房租，又给足了够她买一件皮大衣的钱之后，她才答应留他过夜。他睡觉挺老实，呼哧呼哧喘息停当，立即就会睡着。后来有一次约好却没来，等她挂电话去他办公室询问，才知道他已经死了。

她卖掉皮大衣，卖得的钱一直维持到春天。在卖衣之前两天，她极想在父母面前炫耀一下自己豪华的穿戴。于是她乘一辆出租汽车从家门前经过，那是个星期六，她母亲正在擦大门把手。一看见女儿，她怔住了。"哟，真想不到！"她挺亲热地嚷道。玛戈默默一笑，回到汽车里。她从后窗看见哥哥跑出屋来，朝她骂嚷了几句什么，还晃了晃拳头。

她租了一间便宜房间。她常在天将黑时半裸着身子，光着一双小巧的脚，坐在床沿没完没了地抽烟。女房东是个热心肠的人，时常跑来跟她谈谈心。女房东有一天告诉玛戈，她的一个表亲开了一家影院，生意还不错。那年冬天比往年都冷，玛戈环视她的房间，看有什么可以典当的。也许可以卖那些日落风景画吧。

"卖完画之后怎么办呢？"她想。

一个阴冷的早晨，她鼓起勇气浓妆艳抹地打扮起来，找到一家名字挺吉利的制片公司，成功地约会了公司经理。这位经理上了年纪，右眼蒙着黑绷带，左眼露出敏锐的光芒。玛戈对他说，她以前演过电影，相当成功。

"什么片子？"经理仁慈地看着她激动的脸。

她壮着胆子说到某公司，某影片。那人没说话。他闭上了左眼（如果右眼也露在外边，也许他只是挤了挤眼）说：

"幸好你碰上了我。换了别人也许会因为看中了你的……呃……青春而向你许一大堆愿——然后你将会经历凡人所经历的一切，却绝不会成为银幕上浪漫的幽灵——至少在我们打交道的这类特别的浪漫片中，不会有你的位置。你已经看到，我是上了年纪的人。我在生活中没有经历的东西都不值得去经历了。我猜想，我的女儿也许比你大。由于这个原因，我得劝你几句，亲爱的孩子。你从没当过演员，将来也必定成不了演员。回家去，好好想想，跟你父母谈谈这件事，如果你跟他们还来往的话，这一点我很怀疑……"

玛戈用手套打了一下桌子，站起来大步走出办公室。她气得扭歪了脸。

同一幢大楼里还有另一家制片公司的办公室，可人家进都没让她进去。她满腔怒火地回到家里。女房东给她煮了两个鸡蛋，拍了拍她的肩膀。玛戈贪婪、忿恨地吃着。好心的女人又拿来白兰地和两个小玻璃杯，用颤抖的手斟满了两杯酒，小心翼翼地塞上瓶盖放到了一边。

"祝你交好运，"她边说边坐到那张摇摇晃晃的桌子旁，"事情总会慢慢好起来，亲爱的。明天我要去看我的表亲，我要跟他谈谈你的事。"

女房东和表亲谈得很成功。玛戈起先挺喜欢她的新职业。当然，以这样的方式开始实现当影星的抱负，委实有些难堪。三天过后，她感到自己好像一辈子什么也没干，只是在帮助别人摸索到自己的座位上。

不过星期五换了影片，她又振作了起来。她在黑暗中靠墙观看着葛丽泰·嘉宝，可刚看一会儿就腻烦了。又过了一个星期。一个男子从电影院出来还徘徊在门口，羞怯地打量了她一眼。两三个夜晚之后，那人又来了。他穿得很讲究，一双蓝眼睛贪婪地盯着她。

"这家伙样子倒挺体面，尽管有点呆头呆脑，"玛戈想。

后来，当他第四次、第五次来影院的时候——当然不是来看电影，因为一直放着同一部影片——她感到一阵激动。

可这家伙多么胆怯！一天夜里在回家的路上，她发现他就在街对面。她目不旁视地继续慢慢走路，只是用眼角朝旁边瞟过去，像兔子转动耳朵一样。她希望他会跟过来，可他没有——他溜了。后来，当他再次来到"百眼巨人"影院时，他脸上带着一种憔悴、忧郁的神色。真有趣。下班之后，她走到街上，停下来撑开雨伞。他又站在对面人行道上。她不动声色地过街朝他走去。可是，一看见她走过来，他马上就躲开了。

他既难堪，又懊丧。他知道她就在后边。他不敢走得太快，怕失去她；可也不敢放慢步子，怕她会赶上来。到了下一个街口，汽车一辆接一辆开过来，他不得不停下来等着。就在这儿，她赶上了他。她险些撞到一辆三轮车上，往后一闪，却撞到了他。他抓住她苗条的臂膀，两人一道过了街。

"已经走了第一步啦，"欧比纳斯想。他尴尬地调整步子与她并行。他从没有和这么小个子的女子一道走过路。

"您淋湿了，"她说着笑了笑。

他从她手里接过伞。她往他身上靠得更紧了一点。有一阵他感到心快要蹦出来了，可后来又忽然松弛下来，好像是终于跟上了内心欢快的旋律，那是雨点笃笃笃地敲击头顶上那块绷紧的丝绸时奏出的欢快乐曲。他说话再也不费力。他庆幸自己的言辞又变得流畅起来。

雨住了，他们却仍旧打着伞走路。走到她门前，他们停下来。他收拢那潮湿、闪亮、秀丽的用具，还给她。

"先别走，"他请求道（这时他把一只手插在衣袋里，努力用拇指褪下他的结婚戒指）。"别走，"他又说（戒指褪下来了）。

"太晚了，"她说，"我婶婶会生气的。"

他攥住她的手腕，又羞又急地想吻她。可她往旁边一躲，他的嘴唇只碰到她的丝绒帽。

"放开我，"她轻声说着垂下了头，"你不该这样。"

"可你别走，"他哭了，"世界上除了你，我谁也不爱。"

"不行，不行，"她说着旋转了锁孔里的钥匙，用小巧的肩头顶开巨大的门。

"明天我再等你，"欧比纳斯说。

她在玻璃窗里朝他笑笑，便顺着昏暗的过道朝后院跑去。

他深深吸了一口气，摸出手绢擤了擤鼻子，小心地扣上外衣纽扣，随后又把纽扣解开。他注意到自己的手显得又轻，又空，赶紧套上戒指。

那戒指还带着余温呢。

四

家里一切依旧，简直有些不可思议。伊丽莎白、伊尔玛、保罗，都好像是另一个时代的人，一切都像早期意大利画家的作品的背景一样静谧、安详。保罗整天在办公室工作，下班后喜欢到姐姐家里来度过一个悠闲的夜晚。他很尊敬欧比纳斯，钦佩他学识渊博，趣味高雅，羡慕他家中优美的陈设，尤其喜爱餐厅里那幅青绿色哥白林挂毯，上面织着森林狩猎的图案。

欧比纳斯打开了公寓的房门，想到一会儿就要见到妻子，他的心异样地往下一沉——她会从他脸上看出他的不忠吗？先前只不过是梦想而已，雨中的那一段步行却真正是背叛行为。也许事情已经不幸被人发觉，并且报告了他的妻子？也许他身上带着那姑娘使用的廉价香水的气味？跨进门厅之后，他立即编好了迟早用得上的一套谎话——那是个年轻的女画家，很穷，可很有才气，他想帮她的忙。然而什么事情都没有发生。女儿仍旧睡在过道尽头有一扇白门的房间里，内弟宽肥的上衣仍旧静静地、体面地悬在他常用的衣架上，那是缠裹着红丝绸的一种特别的衣架。

他走进起居室。他们都在——伊丽莎白穿着那件熟悉的花格呢大衣，保罗在抽雪茄。屋里还有他们熟识的一位男爵夫人，由于通货膨胀她的家境已经败落，现在开一家小店，卖地毯和画……不管他们谈的话题是什么，日常生活这种悠闲、舒适的气氛使他感到一阵欢喜——他们并没有发现他的隐私。

后来，欧比纳斯在灯光柔和，陈设淡雅的卧室里躺在妻子身旁。像往常一样，他从镜子里看得到中心供暖设备（漆成了白色）的一部分。他为自己的双重感情感到惊异——他对伊丽莎白的爱一点也没有减退，但同时心里却又燃烧着另一个强烈的意愿。最迟不能晚于明天——对，就在明天——

但事情并不那么简单。再次会面的时候，玛戈用了机智的手段，使他无法跟她调情。他想不出任何办法来把她弄进一家旅店。玛戈没有对他细说自己的身世，只说她是个孤儿，父亲是画家（这真是一个巧合），现在和婶婶住在一道。她说她缺钱花，却又很想辞去目前的工作，这工作太累人了。

欧比纳斯自我介绍的时候临时编造了一个名字：希弗米勒。玛戈不快地想："怎么又来了一个米勒？"又一转念，"哼，一定是撒谎。"

三月多雨。老是这样在夜间打着伞散步使欧比纳斯感到乏味，所以很快他就建议去咖啡馆坐坐。他挑选了一家又偏僻、灯光又暗的小咖啡店，这就不怕碰到熟人了。

他有一个习惯，在馆子里一坐下就拿出烟盒和打火机。玛戈瞥见刻在烟盒上的他姓名的缩写。她没说什么。寻思了一会，她让他去取一个电话簿。当他迈着缓慢而沉重的步子朝电话间走去时，她从椅子上拿起他的便帽，迅速地查看帽里——那儿写着他的姓名（他这样做是为了在聚会的时候提防粗心大意的画家乱拿帽子）。

他拿到了电话簿，像圣经似的捧了回来，一边温柔地朝她微笑。他呆望着她低垂的长睫毛，她却迅速地顺着字母"R"一栏找到欧比纳斯的住址和电话号码。然后她不声不响地合上那本翻得很旧的蓝色电话簿。

"脱了外套吧，"欧比纳斯轻声说。

她并不起身，就坐在那里扭着身躯褪袖子，弯着秀美的脖颈，右肩朝前一耸，接着又是左肩。欧比纳斯帮她脱衣时嗅到一股温馨的紫罗兰香，看见她的肩胛在蠕动，双肩之间嫩白泛青的皮肤起了一点皱，随后又平展光滑了。她脱掉帽子，掏出随身带的小镜照了照，舔湿手指理了一下太阳穴边黑色的鬓发。

欧比纳斯在她身旁坐下，目不转睛地端详这完美迷人的面庞——绯红的桃腮，沾着樱桃白兰地酒的闪亮的嘴唇，细长的淡褐色眼睛里流露出稚气的庄重神态。线条柔和的脸颊，左眼下生着一颗毛茸茸的小痣。

"即使明知要犯死罪，"他想，"我还是要这样望着她。"

她讲的是粗俗的柏林土语，这也只会使她有点沙哑的嗓音和大而洁白的牙齿更加迷人。她笑的时候眯起眼睛，脸上闪动着一个酒窝。他伸手去捉她的小手，可她赶紧把手缩了回去。

"你把我弄得神魂颠倒了，"他说。

玛戈拍着他的衣袖说：

"别，老实点。"

第二天一早，他的第一个念头就是——再也不能这样下去了。一定得为她租个房间。什么婶婶，见鬼。我们得单独在一块儿，谁也别来打扰。恋爱的启蒙课本。啊，我得一步步教她。她多么年轻，多么纯洁，多么让人着迷……

"你还在睡吗？"伊丽莎白轻声问。

他打了一个大呵欠，睁开了眼睛。伊丽莎白身穿浅蓝睡袍，正坐在双人床边上读信。

"有什么消息吗？"欧比纳斯呆望着她白皙的肩膀。

"阿赫来的信，又跟你要钱，说他妻子和岳母都病了，大家都在算计他，还说他连颜料也买不起了。恐怕咱们得再帮他一次忙吧？"

"当然啦，"欧比纳斯说。他眼前却清楚地浮现出玛戈去世的父亲——他一定也曾是一个衣衫褴褛，性情暴躁，却才能平庸的画家，一定也是饱经了风霜。

"这是艺术家俱乐部寄来的请帖，这次咱们非得去一趟啦。还有一封美国来信。"

"大声念念，"他说。

"亲爱的先生，我恐怕没有什么新的消息可说。上封长信言犹未尽，现在还想补写几句。顺便提一下，上次去信之后您还没给我回信呢。由于我可能在今秋去德国……"

这时床边的电话响了，伊丽莎白"啧"了一声，俯身去接电话。欧比纳斯心不在焉地看着她用细瘦的手指抓起那白色电话听筒的动作。他听到电话另一端传来低微的吱吱呀呀的说话声。

"噢，早上好，"伊丽莎白说着朝丈夫使了一个眼色。他立即明白一定是男爵夫人打来的电话，一定又会唠叨个没完。

他伸手取过美国来信，看了看写信日期。奇怪，他竟没有回那人的上一封信。伊尔玛进来向父母问候，这是每天早晨的老规矩。她默默地吻过父亲，又去吻母亲。母亲闭着眼在听电话，不时敷衍地应承一声，或是假装惊讶地感叹一下。

"今天乖乖地听话，"欧比纳斯对女儿耳语着说。伊尔玛笑了笑，让他看捏在手里的满满一把玻璃弹子。

她长得不漂亮。白皙、隆起的前额上生着雀斑。她的睫毛颜色太浅，鼻子生得过长，和她的脸不相称。

"放心好啦，"伊丽莎白说着挂上电话，如释重负地叹了一口气。

欧比纳斯打算继续看信。伊丽莎白握着女儿的手腕跟她讲着什么逗趣的事情，一边笑一边吻她，每说一句话就轻轻拽她一把。伊尔玛拖着脚步往外走的时候还在悄悄笑着。电话铃又响了。这回欧比纳斯去接。

"早晨好，亲爱的欧比，"一个女人的声音说。

"您是——"欧比纳斯刚要问，忽然像在迅速下降的电梯里似的，心里一阵发紧。

"你真滑头，告诉我一个假名字，"那声音又说，"不过我原谅你。我想告诉你……"

"拨错了号码。"

欧比纳斯哑着嗓子说，猛地把话筒搁回电话机上。他不安地想，伊丽莎白也许听见了她说的话，就像他刚才听见男爵夫人微弱的说话声一样。

"那是谁？"她问，"你的脸怎么红啦？"

"真荒唐！伊尔玛，该走啦，别这么磨磨蹭蹭的。荒唐透了。两天之内第十次拨错电话。他的信里说大概年底上这儿来。我很愿意见一见他。"

"谁的信？"

"天哪，你从来不注意听我说话。那个美国人，名叫雷克斯。"

"哪个雷克斯？"伊丽莎白毫不经意地问。

五

当晚见面的时候他们争吵起来。整个白天欧比纳斯都待在家里，怕她再打电话来。她从"百眼巨人"出来的时候，他走过去打招呼，禁不住埋怨道：

"听着，孩子，别给我打电话。打也没用。我不告诉你真名实姓，是有一定原因的。"

"噢，别说了。我不想和你来往了。"玛戈冷冷地说着走开去。

他呆站在那里，不知所措地望着她的背影。

他真蠢！他本不该多嘴，这样也许她自己最终会认错。欧比纳斯追上她，伴着她往前走。

"原谅我，"他说，"别生我的气，玛戈。我不能没有你。瞧，我都计划好了。你可以辞职不干。我有钱。你可以有自己的房间，自己的公寓，想买什么都成……"

"你是骗子，懦夫，蠢材，"玛戈说（倒是挺精炼地总结了他的为人），"你结过婚了——所以你才把戒指藏在风衣的兜里。哼，你当然结过婚，不然接电话的时候就不会那么粗鲁。"

"如果我真的结了婚呢？"他说，"你就不理我了吗？"

"你结不结婚跟我有什么相干？你可以欺骗她，那对她有好处。"

"玛戈，别这样讲话，"欧比纳斯痛苦地说。

"别缠着我。"

"玛戈，你听我说。我的确已经成家了。不过，我求你再不要讥笑我了……噢，你别走，"他喊着抓住她，被她挣脱。他又拽住她那破旧的小提包。

"你滚蛋！"她怒喝一声，"砰"地摔上房门。

六

"我想算个命,"玛戈对房东太太说。房东太太从一堆空啤酒瓶后边取出一副纸牌。这些纸牌大都磨损了棱角,几乎成了圆形。碰到一个黑头发的阔人,有麻烦,赴宴会,出远门……

"我得调查一下他家里的情况,"玛戈把胳膊撑在桌上想,"也许他根本没什么钱,那我就用不着跟他白耗时间。是不是值得冒一次险呢?"

第二天早晨在同一时间她又给他挂了电话。伊丽莎白在洗澡。欧比纳斯几乎耳语着跟她说话,眼睛一直盯着房门。尽管他提心吊胆,却又欣喜若狂,因为她原谅了他。

"亲爱的,"他细声细语地说,"我的宝贝。"

"告诉我,你老婆什么时候出门?"她笑着问。

"恐怕说不准,"他说着浑身一颤,"干什么?"

"我想到你家里看看。"

他没说话。有扇门打开了。

"我得挂电话了。"欧比纳斯低声说。

"要是我去你家,也许我会吻你。"

"今天说不准。不行,"他结结巴巴地说,"今天恐怕不行。我要是突然挂断电话你别感到奇怪。我今晚上去看你,然后咱们再……"他挂断电话，一动不动地坐着，听到自己的心在怦怦地跳。"我真是一个懦夫，"他想，"她一定还会在浴室里磨蹭半个钟头。"

"我有一个小小的请求，"他们见面时，他对玛戈说，"咱们坐出租汽车吧。"

"坐公共汽车，"玛戈说。

"那太危险了。我保证守规矩。"他深情地望着她仰起的稚气的脸，在明晃晃的街灯照耀下，她的脸色显得苍白。

"听我说，"在车里就坐之后他说，"首先，我当然不会因为你打电话给我而生你的气。可我求你，我恳求你，我的宝贝，再别打电话了。"

（"这次好多了，"玛戈想。）

"第二，告诉我，你怎么知道我名字的？"

她很不必要地撒了个谎，说是有一个与她相识的女人在街上看见了他俩，那女人认识他。

"那女人是谁？"他惊恐地问。

"呃，只不过是个女工。她的一个姐妹不知在你家当过厨子还是做过杂工。"

欧比纳斯怎么想也想不起这个人来。

"我对她说她看错了。我可机灵了。"

大小不等的一块块灰色亮光从一扇车窗滑向另一扇车窗，使车厢里黑暗的空间也移动、摇荡起来。玛戈坐得那样近，他能感觉到从她那迷人的野性肉体散发出的温热。"要是得不到她，我不死也会发疯，"欧比纳斯想。

"第三，"他提高了嗓音，"你去找一个住处，比如说，两三间房加一个厨房——条件是，你得让我偶尔去看望你一下。"

"欧比，你忘记了今天早晨我提的建议吗？"

"那太冒险了，"欧比纳斯为难地说，"你瞧……就说明天吧，四点到六点就我一个人在家，可谁也没法保证不发生意外……"他想像着万一妻子忽然转回来取一样忘带的东西。

"可我说过，我也许会吻你，"玛戈柔声说，"再说，不管出什么事，总能想得出话来解释的。"

于是第二天，伊丽莎白和伊尔玛出门赴茶会之后，他打发女仆弗丽达出一趟远差，到若干英里之外去送几本书（幸好今天厨子休息。）

屋里只剩下他一个人，几分钟前他的表停了，可餐厅里的钟挺准，而且把头伸到窗外还可以看到教堂的大钟。四点一刻。这是四月中旬一个刮风的大晴天。阳光照在对面房屋的墙上，煤烟的影子从烟囱的影子里冒出来，迅速地朝旁边飘移。刚下过一场大雨。柏油马路干湿不匀，像打着补丁。潮湿的痕迹像是画在马路中间的一些奇形怪状的骷髅。

四点半。她随时都可能进来。

只要一想起玛戈苗条的少女身材，想起她绸缎般柔滑的皮肤，想起她用那双有趣的、缺乏保养的小手触摸自己，欧比纳斯就感受到一股折磨人的强烈欲望。现在，她答应了要亲吻他。这个念头已经使他喜不自胜。他无法想像这欢乐怎能达到更为炽烈的程度。不过他还要超越这个念头，通过一系列想像，去亲近她那朦胧、白皙的肉体，就是美术学校学生们非常认真却又十分拙劣地描摹过的肉体。然而欧比纳斯从未想到那单调乏味的画室会和她有什么瓜葛，尽管由于命运的巧合，他无意中已经看见过她的裸体。他的家庭医生老兰帕特，曾把儿子两年前作的几张炭笔画拿给他看，其中一张画着一个留短发的姑娘蜷腿坐在地毯上，头靠着僵直的臂，肩挨着脸。"噢，我更喜欢那个驼背，"他当时说着翻回到另一张画——一个蓄胡子的跛子，"他放弃了绘画，真可惜。"他合上了画夹。

差十分五点。她已经比预定时间晚了二十分钟。"等到五点我就出门去，"他自言自语地说。

他忽然看见了玛戈。她正在过马路，没穿大衣，也没戴帽子，那模样像是她就住在附近。

"还来得及跑下去告诉她现在已经太晚了。"他尽管这样想，却身不由己地屏住气息踮脚走到门厅。听见她稚气的脚步声沿着楼梯传过来，他悄悄拉开了门。

玛戈穿着露出半截胳膊的红色短袖紧身衫，笑着照了照镜子。她半旋过身子，理理脑后的头发。

"你住得挺阔气。"她那双喜滋滋的眼睛环视着门厅。这里挂着色彩绚丽的大幅油画，屋角立着瓷花瓶，墙上没贴壁纸，都裱着乳白色的提花饰墙布。"这边走？"她推开一扇门问。"啊！"她感叹了一声。

他用一只颤抖的手挽着她的腰，和她一道仰望着那盏水晶吊灯，好像他自己也是初次来访的客人。可这一切在他眼里都像是雾里看花。她交叉着腿站在那里，一边轻轻地摇晃，一边转着眼珠四处打量。

"你真有钱，"他们走进另一间房时她说，"哟，瞧这地毯！"

她对餐厅里的餐具柜极感兴趣。欧比纳斯趁机顺着她的腰部偷偷往上摸。再往上，触到柔软、温热的一团。

"往前走吧，"她赶忙说。

他们走过一面镜子，他看见镜子里一个面色苍白，神情阴郁的绅士和一个身穿节日服装的女学生并肩而行。他小心翼翼地抚摩她圆润的手臂。镜子里的影像变得模糊起来。

"走呀，"玛戈说。

他想让她同到书房去，这样假使妻子提前回来，他就可以编出一个现成的理由——一个青年艺术家找他帮忙。

"那是什么地方？"她问。

"那是育儿室。所有房间都让你看过了。"

"去看看，"她摇晃着肩膀。

他深吸了一口气。

"就是一间育儿室，亲爱的。里边没什么可看的。"

但她还是进去了。他真想朝她大喊一声："别动那儿的东西。"可她已经拿起一只紫色长毛绒大象。他从她手里夺过大象，塞到角落里。玛戈笑了。

"原来这就是你那个宝贝女儿住的地方，"她说。然后她推开另一扇门。

"行啦，玛戈，"欧比纳斯恳求道，"现在离门厅太远，来了人我们也听不见。这太危险了。"

但是，她像一个调皮孩子似的甩开他，溜向过道，跑进卧室。她坐在卧室的一面镜子前（那天老碰到镜子），用手转动着一柄银背发刷，嗅着一个带银塞的瓶子。

"唉，别乱动！"欧比纳斯喊。

她机灵地从他身边溜过，跑到双人床跟前，坐在床沿上。她像孩子似的把长统袜向上扯了扯，"啪"地弹了一下吊袜带，朝他伸出舌头。

"……这回我得不顾一切，"欧比纳斯冲动得失去了理智。

他张开双臂蹒跚地朝她走来，可她却蹦起来格格地笑着从他身边蹿出门去。他连忙去追，却迟了一步。玛戈使劲带上门，然后笑着喘着从外边把门锁上了（上次那个可怜的胖女人那样拼命地敲啊，捶啊，吼啊！）。

"玛戈，赶快开门，"欧比纳斯轻声说。

他听见她远去的脚步声。

"开门，"他的喊声提高了一点。

沉默。

"这个小妖精，"他想，"捉弄得我好苦！"

他很害怕，感到燥热。他很少这样匆忙地在各个房间里乱窜。他欲火如焚，却被兜头泼了一瓢冷水。她真的走了吗？不会。有人在附近走动。他掏出衣袋里的几把钥匙试了试。他失去了耐心，拼命摇门。

"赶快开门，你听见了吗？"

那脚步声走近了。不是玛戈。

"喂，这是怎么啦？"另一个人的声音——是保罗！"你被关在里边啦？要我放你出来吗？"

门打开了。保罗十分惊异。"出什么事了，老兄？"他一边问，一边盯着掉在地上的发刷。

"嗯，真可笑极了……一会儿再告诉你……咱们先喝点什么吧。"

"你把我吓了一大跳。"保罗说，"我简直摸不着头脑。幸亏我来了。伊丽莎白说她六点左右回家，好在我早到了一会。谁把你锁进去的？该不是女仆发疯了吧？"

欧比纳斯背对他站着不停地喝白兰地。

"你在楼梯上看见什么人了吗？"他尽量让自己口齿清楚。

"我乘电梯上来的，"保罗说。

"真是万幸，"欧比纳斯想。现在他镇静下来了。（真糊涂，竟忘了保罗也有一把进门的钥匙！）

"想得到吗？"他呷了一口白兰地说，"刚才进来一个贼。可别告诉伊丽莎白。我猜他以为家里没人。我忽然听见前门有什么动静，从书房出来一看，一个人溜进了卧室。我跟进去想抓住他，可他又跑出卧室，把我反锁在里边了。真可惜，让他溜了。我还以为你会碰上他呢。"

　　"你说笑话吧？"保罗惊愕地问。

　　"真的，不是开玩笑。我在书房听见前面有响声。我跑过去看……"

　　"可他说不定已经偷了东西。咱们去看看。应该报告警察局。"

　　"嗯，他还来不及偷呢，"欧比纳斯说，"前后就一会儿工夫。我把他吓跑了。"

　　"他是什么模样？"

　　"嗯，戴着一顶帽子，大个儿，看起来挺壮实。"

　　"他也许会把你打伤的，真险！咱们得把屋子检查一遍。"

　　他们到各个房间巡视了一遍，察看了门锁，一切正常。只是最后检查到书房的时候，欧比纳斯忽然惊恐得浑身一怔——就在两个书架之间的角落里，在一个旋转式书柜的背后，露出了鲜红色女衫的一角。不知怎么，保罗居然没有发现，尽管他一直在聚精会神地四处查看。隔壁房间有几幅袖珍画，保罗正审视着倾斜的画框玻璃。

　　"行啦，保罗，"欧比纳斯嗓音有些沙哑，"用不着检查了。

看来他什么也没有偷。"

"你的脸色真不好，"他们回到书房时，保罗说，"你应该调换门锁，或者进屋就插门。要报警吗？我帮你……"

"嘘……"欧比纳斯说。

脚步声越来越近。伊丽莎白走进来，后边跟着伊尔玛、她的保姆和一个小朋友——这是个小胖子，尽管外表羞涩呆笨，嬉闹起来可野得很。欧比纳斯觉得像是在做一场噩梦。玛戈还待在屋里没有走，这太可怕，太令人难堪了……女仆带着那几本书回来了，地址没找到。当然找不到。欧比纳斯愈来愈不安。他建议晚上去看戏，可伊丽莎白说她累了。吃晚饭时他一直尖起耳朵听着有没有可疑的响动，竟至于没注意晚餐吃的是什么菜（冷牛排和泡菜）。保罗时常东张西望，有时干咳两声，哼哼曲子——欧比纳斯想，这个多管闲事的家伙。要是待在家里不出来乱串就好了。可还有一件让人担忧的事——孩子们可能跑到各个房间去玩闹。他不敢锁上书房的门，因为那可能引起更多麻烦。谢天谢地，伊尔玛的小朋友很快就走了。伊尔玛也被打发上了床。可他并没有放下心来。他觉得大家——伊丽莎白、保罗、女仆和他自己——好像是分散在各个房间，而不是如他希望的那样集中在一处，好为玛戈提供溜走的机会，假若她真打算溜走的话。

最后，到了十一点钟左右，保罗走了。弗丽达照每天的规矩挂上门链，插上门闩。现在玛戈出不去了！

"我困死了，"欧比纳斯对妻子说。他极不自然地打了个呵欠，接着真的连连打起呵欠来。他们上了床。屋里静悄悄的，伊丽莎白正要熄灯。

"你睡吧，"他说，"我还想去看一会儿书。"

她懒懒地一笑，并没留意他说话有些颠三倒四。"回来的时候别吵醒我，"她轻声说。

四周寂静无声，反倒显得不自然。这沉寂似乎在不断膨胀、扩大，就要突然冲破沉寂的边界，爆发出一阵笑声。他已经下了床，身穿睡衣，脚踏毡拖鞋，一声不响地在过道里走着。奇怪，恐惧的感觉忽然消失了。噩梦的惊恐融化成一种无拘无束的感觉，一种强烈而甜蜜的快感。这是在罪恶的梦境中特有的感受。

欧比纳斯一边悄悄往前摸，一边解睡袍的领口。他浑身都在颤栗。"马上——她马上就属于我了，"他想。他轻轻推开书房的门，打开光线柔和的灯。

"玛戈，你这个疯丫头，"他压低嗓门，兴冲冲地说。

然而，那只是一个红绸靠垫，几天前他自己买来这个垫子，打算靠在上边查阅诺内马赫写的《艺术史》——一共十卷，对开本。

七

　　玛戈通知房东，说她很快就要搬走。事情进行得很顺利。在那套公寓里，她看出那个爱慕她的人的确富有。另外，从他床头柜上摆的照片看得出来，他妻子不是玛戈想像的那种高大的贵妇——相貌严厉，精明强干；其实正好相反，他妻子看上去很文静，甚至有点迟钝。这样的女人不难对付。

　　她也挺喜欢欧比纳斯——他是个修饰得很整洁的绅士，身上散发着爽身粉和上等烟草的气味。当然她再也不会得到初恋时那样的欢乐，但她尽力让自己忘掉米勒，忘掉他深陷的粉白色面颊，忘掉他蓬乱的黑发和灵巧、修长的指头。

　　欧比纳斯能够抚慰她。当她浑身炽热的时候，他是一帖清凉剂，就像把凉爽的车前草叶敷到发炎的地方，使人顿觉舒适。另外，他不光有钱，而且属于那种容易为登上舞台和银幕提供条件的阶层。她经常锁上门，对着梳妆台上的镜子作各种表情，或是面对一把想像中的左轮手枪往后退缩。在她看来，她痴笑或冷笑的表情并不亚于任何一位女明星。

　　经过努力搜寻和认真挑选，她终于找到极好的一套房间，周围环境也很不错。上次的拜访使欧比纳斯大为伤心，玛戈也感到于心不忍。所以当他趁夜间散步将一大卷钞票塞进她的提包时，她也就顺从地收下了。她还让他在一家门廊的阴影里吻了她。欧比纳斯回家的时候，那亲吻激起的热情仍然伴随着他，就像神的背后萦绕着彩色光环。他无法像脱去那顶黑毡帽一样将热吻的激情也留在门厅。走进卧室的时候，他疑心妻子一定看见了他头上的光环。

然而伊丽莎白，温顺的三十五岁的伊丽莎白绝没有想到丈夫会欺骗她。她知道，结婚前他曾有过一些小小的艳遇。她记得自己做闺女的时候也曾偷偷爱过一位上了年纪的演员，那人常来看望她父亲，喜欢在吃饭的时候惟妙惟肖地摹仿家畜的叫声给大家逗趣。她听说丈夫和妻子时常互相欺骗。她也读过这样的书。的确，通奸是人们主要议论的话题，也是浪漫诗歌、诙谐故事及许多著名歌剧的主题。但伊丽莎白是个单纯的人，她完全相信，她和欧比纳斯是一对特殊的夫妇，他们的关系珍贵而纯洁，绝不可能破裂。

她丈夫解释说，他夜间出门是去拜访对他拍动画片的设想感兴趣的几个艺术家，这丝毫没有使她起疑。他脾气暴躁，心神不定，她以为这是气候的缘故。这年的五月天气反常，有时挺热，有时又来一场凉飕飕的暴雨，还夹着像微型网球似的冰雹，跳跳蹦蹦地洒落在窗台上。

"我们去旅游好吗？"有一天她随便地建议说，"去蒂罗尔[1]，

1　Tyrol，奥地利西部和意大利北部一地区。

还是罗马？"

"你要是想去，就去吧，"欧比纳斯说，"我太忙了，亲爱的。"

"哦，我不过随便说说，"她说，随后便和伊尔玛一道去动物园看刚出生的幼象。那小象看上去几乎没有鼻子，背脊上竖着一排直愣愣的短毛。

保罗却大不一样了。自从发生那场卧室插曲之后，不知怎么，他总是隐隐感到不安。欧比纳斯不但没去警察局报案，而且只要保罗提起这个话题，他就满脸不高兴。于是保罗禁不住又把这件事仔细回想了一遍。他努力回忆，当他来到公寓，朝电梯走去时，是否看到什么可疑的人。他认为自己是个细心的人。比如说，他注意到一只猫从他身边蹦起来，又扭着身子钻过了花园栏杆；一个穿红衣的女学生走过时，他帮她打开了门；看门人像往常一样开着收音机，从他屋里传来广播里的歌声和笑声。对了，窃贼一定是在他乘电梯上楼时跑下了楼。可是，为什么他会隐隐不安呢？

保罗把姐姐家庭生活的幸福看成一桩神圣的事情。在那次事件过后不久，他给欧比纳斯打电话。电话接通了，可欧比纳斯还在和别人通话，他无意中听到了几句。（命运惯用偷听的办法来解决难题。）他差点把用来剔牙的火柴棍咽了下去。

"不用问我，就按你的意思买吧。"

"可你瞧，欧比……"一个女人操着柏林土语娇嗔地说。

保罗浑身打颤，赶紧挂上电话，好像他不小心抓住了一条蛇。

那天夜里，保罗和姐姐、姐夫坐在一道。他感到无话可说。他就这么尴尬地坐着，心里很不自在。他不住地抚摩下巴，把两条粗壮的腿一会儿交叉着架起来，一会儿又放下去。他掏出怀表来看，结果什么也没看清就把没有指针的表又装回背心的兜里。他是那种神经过敏的人，看见别人做了错事，他自己倒觉得脸红。

他十分喜爱、尊敬的这个人会欺骗伊丽莎白吗？他望着正在读书的欧比纳斯，暗自寻思："不，不会的，一定是弄错了，一个可笑的误会。"欧比纳斯神态怡然，偶尔轻咳一声，清清嗓子，用一把象牙裁纸刀小心翼翼裁开书页……"绝不可能。看到卧室门被反锁就这样胡乱猜疑起来，电话里听到的完全可能是一次正常的交谈。谁会忍心欺骗伊丽莎白这样的人呢！"

伊丽莎白仰靠在沙发边沿上，慢悠悠地细说着她看过的一出话剧的情节。她的浅色眼睛像她母亲的眼睛一样清澈、诚挚，眼睑下方生着淡淡的雀斑。她的鼻子没有敷粉，有点发亮，倒显得哀婉动人。保罗点了点头，笑了。她刚才讲的也许是俄语，天知道。忽然，就在那么短暂的一瞬间，他看到欧比纳斯的眼睛正从书本的上方瞟着他呢。

八

　　在这段时间里，玛戈已经租好一套公寓房间，开始添置家用器具。她首先买了一台冰箱。欧比纳斯手头很大方，给钱也痛快，但他花这笔钱却很有点冒险，因为他从未见过这幢公寓——他连公寓的地址都不知道。她说，如果等到完全布置停当之后，他再来拜访她的新居，一定会更有意思。

　　一个星期过去了。他以为她会在星期六打电话来。他整天守着电话。那台亮闪闪的电话机却一直沉默着。到了星期一，他断定她欺骗了他——携款溜走，再也不露面了。傍晚保罗来了。现在这种拜访对他们两个人来说都像一场煎熬。更糟糕的是，伊丽莎白不在家。保罗在书房里，坐在欧比纳斯对面抽烟，盯着手上的烟头。最近他居然瘦下来一点。"他都知道了，"欧比纳斯不快地想，"哼，就算知道了又怎么样？他也是男人，应该理解男人的处境。"

　　伊尔玛跑了进来。保罗的脸色变得开朗起来。他把伊尔玛抱到膝上，她用小拳头捣捣他的肚子，好让自己坐得舒服一点。他挺滑稽地哼哼了两声。

　　然后，伊丽莎白打完桥牌回来了。想起马上要开晚饭，想到饭后漫长的夜晚，欧比纳斯忽然感到烦躁难当。他说他不在家里吃晚饭。妻子和悦地问他，为什么不早一点说呢。

他只有一个愿望：即刻找到玛戈，不管付出多大的代价。命运已经向他作出许诺，没有理由再捉弄他了。由于一时焦急，他竟然决定采取十分大胆的行动。他知道她先前的住处，知道她和婶婶住在一道。他找到那个地方，走后院，看见一个女仆在一层楼一扇开着的窗子旁铺床，便向她打听。

"彼德斯小姐？"她举着正在拍打的枕头问道，"噢，她大概搬家了。不过你最好自己去看看。五楼，左边那扇门。"

一个邋遢女人瞪着充血的眼睛把门拉开了一条缝，没有摘下门链。她问他来干什么。

"我打听一下彼德斯小姐的新地址，她先前和她婶婶一道住在这儿。"

"哦，有这么回事？"那女人忽然显出感兴趣的神色，终于摘下了门链。她把他领进一个极小的客厅，稍一走动屋里的各种东西便颤抖着发出丁丁当当的响声。桌上铺着一块带有棕黄色污迹的美国台布，上面摆着一盘土豆泥，一个盛着盐的破纸袋和三个空啤酒瓶。她神秘地笑了笑，请他坐下。

"如果我是她婶婶，"她挤了挤眼，"我可不知道她的地址。哼，"她有些激动了，"她根本没有什么婶婶。"

"喝醉了，"欧比纳斯厌烦地想，"请问，"他说，"你能告诉我她上哪儿去了吗？"

"她先前在我这儿租了一间房，"那女人沉思着说。她不无怨愤地想，玛戈真不讲交情，竟向她隐瞒了这个阔朋友和她的新地址。不过她没费多大周折就探听到了玛戈现在的住处。

"我该怎么办？"欧比纳斯问，"你能告诉我上哪儿去找她吗？"

哼，真没良心。她先前那样为玛戈帮忙。现在她不知说实话对玛戈有利还是有害（她倒希望是有害）。可这位高个子、蓝眼睛、心神不定的老爷好像十分焦急，她只好叹了一口气，回答了他提出的问题。

"他们也追求过我，那是好久以前了，"她送他出门的时候一边唠叨，一边点着头，"他们真的追求过我。"

七点半钟。街上的灯都亮了。薄暮之中，柔和的橘黄色灯光看起来很美。天空仍然泛着蓝色，远处有一朵橙红色的孤云。白昼与黄昏之间这种暧昧的交错使欧比纳斯有些头晕目眩。

"再过一会，我就到天堂了，"他想。他乘的出租汽车在柏油路上沙沙地飞驰。

玛戈现在住的砖砌大公寓前有三棵高高的杨树。她的房门上钉着一块崭新的铜牌，上边镌着她的姓名。一个胳膊上生着横肉的大个子女人跑进去通报他的光临。

"已经雇了一个厨子，"他兴奋地想。

"进去吧，"那厨子回来说。他理了理稀疏的头发，走了进去。

玛戈穿着晨衣，躺在一张丑陋的印花布面沙发上，双臂枕在脑后，腹部摆着一本翻开的书，封面朝上。

"你来得真快，"她说着懒懒地伸出一只手。

"咦，你好像知道我要来似的，"他柔声说，"猜猜看我怎么找到你的地址的。"

"我写信告诉你地址啦，"她叹了口气，又把两只胳膊枕在脑后。

"真有意思，"欧比纳斯自顾自说着，没有留意她说的话——他一直色眯眯地盯着那涂了口红的嘴唇，心想再过一会儿……"真好玩，你编出什么婶婶来哄我。"

"你上那儿去干什么？"玛戈忽然生气了。"我在信上写了地址——就在右上角，写得一清二楚。"

"右上角？一清二楚？"欧比纳斯疑惑地皱起眉头，"你说些什么呀？"

她啪地合上那本书，从长沙发上坐起来。

"你没收到我的信？"

"什么信？"欧比纳斯问——他忽然用手捂住嘴，眼睛瞪得圆圆的。

"今天早晨我寄给你一封信，"她说着又躺下来，不解地盯着他，"我估计你会在送晚班邮件时收到信，然后就直接来看我。"

"你骗我！"欧比纳斯喊道。

"当然写了。信的内容我能背给你听：'欧比亲爱的，爱窠搭好了，小鸟正等着你。不过可别把我搂得太紧，那会把你的宝贝宠坏的。'大概就这些。"

　　"玛戈，"他沙哑着嗓子说，"玛戈，你怎么这样莽撞？我没来得及收到信就出门了。邮差……要到差一刻八点才来送信。现在是……"

　　"这可不能怨我，"她说，"真的，你这个人太难侍候。我那封信写得多甜。"

　　她耸了耸肩，拿起那本书，把背对着他。右边的书页上印着葛丽泰·嘉宝的照片。

　　欧比纳斯想："真怪，到这种灾祸临头的时候我还会留意到一张照片。"差二十分八点。玛戈蜷着身子躺着，一动也不动，像一只蜥蜴。

　　"你毁了……"他大声嚷起来，却又把话咽了回去。他跑出门来，冲下楼梯，跳上一辆出租汽车。他坐在座位边上，朝前倾着身子（这样可以将路程缩短几英寸），眼睛盯着司机的后背——从那人背脊上看不出什么希望。

　　到家了。他跳出汽车，像电影里那样看也不看就塞给司机一枚金币。走到花园栏杆前，他看见那个熟悉的身影——瘦削的，生着内八字脚的邮差正和矮墩墩的看门人说话。

　　"有我的信吗？"欧比纳斯气喘吁吁地问。

　　"已经送上去了，先生，"邮差友好地笑了笑。

欧比纳斯仰头一望，他那套公寓房间所有的窗户都明晃晃地亮着灯——这有些反常。他咬咬牙走进公寓，开始上楼。第一层，然后是第二层。"听我解释一下……一个年轻画家找我帮忙……她神经不大正常，爱给陌生人写情书。"……全是胡扯——这回没法补救了。

还没走到自己的房门跟前，他就猛一转身跑下了楼。一只猫穿过花园小径，敏捷地钻过栏杆。

十分钟后，他回到刚才曾满心喜悦地拜访过的那套房间。玛戈蜷身躺在长沙发上，仍然保持着原先的姿态——像一只蛰伏的蜥蜴。那本书仍然打开着，还是翻在那一页。欧比纳斯坐在她近旁，把自己的指节扳得嘎嘎作响。

"别扳指头，"玛戈头也不抬地说。

他停下来，过一会又扳开了。

"信寄到了吗？"

"唉，玛戈，"他清了好几下嗓子，"太晚了，太晚了，"他哭起来，声音变得有些发尖。

他站起来，在屋里踱步，擤擤鼻子，又坐在了椅子上。

"凡是我的信她都拆开来看，"他泪眼模糊地盯着脚尖，设法让脚尖和地毯上抖动着的图案相吻合。

"你早该不许她看你的信。"

"玛戈，你不懂……这一直是我们的一个习惯，一种乐趣。有时我还没来得及看，信就找不着了。我收到各种有趣的信件，怎么能不让她看呢？我想像不出她现在会怎么样。如果能出现奇迹，哪怕就这一次……也许她正忙着干别的事……也许她……唉！"

"她到这儿来的时候，请你不要露面。我一个人见她，在客厅。"

"见谁？什么时候？"他问。他隐约记起他见到的那个醉女人——似乎是很久前的事。

"什么时候？任何时候都可能。她不是已经知道我的地址了吗？"

欧比纳斯还是不明白。

"噢，我懂了，"他终于喃喃地说，"你真傻，玛戈！说真的，不管怎样，绝不会出现这种情况。她不是那种人。"

"那就更省事了，"玛戈想。她忽然扬扬得意起来。寄出那封信之后，她原以为只会引起一场小小的纠纷——他不让妻子看信，她生气，跺脚，哭闹一通。于是她开始不信任他，事情就好办一些了。可现在运气帮了玛戈的忙，障碍一下子清除干净了。望着他垂头丧气的样子。她让书滑落在地板上，笑了。现在该行动了，她想。

玛戈伸了一下懒腰，感到苗条的身子激动地颤了一下。她盯着天花板说："过来。"

他走过来，坐在沙发边上，沮丧地摇着头。

"吻我，"她闭上了眼睛，"我来替你解除烦恼。"

九

西柏林，五月的一个早晨。戴白帽的人在清扫街道。谁把旧漆皮靴扔在沟里啦？麻雀在常春藤上喧闹。一辆轮胎饱满的电动牛奶车顺畅地运行着。一幢楼房的绿瓦屋顶上的阁楼窗反射着耀眼的阳光。清晨的新鲜空气还没有适应远处车辆的喧嚣，它只是轻轻收集了各种响声，小心翼翼地携带着，好像这些声音是贵重而易碎的物品。门前花园里盛开着波斯丁香。尽管早晨寒气袭人，白色的蝴蝶却仍像在乡间花园里那样翩翩飞舞。欧比纳斯从他过夜的公寓走出来时看见了上述情景。

他隐隐感到不适。他饥饿，没刮脸也没洗澡。隔夜的衬衣贴在身上使人烦躁难耐。他觉得已经筋疲力尽——这并不奇怪。这一夜他实现了多年的梦想。初次亲吻她生着汗毛的脊背时，她把两个肩胛缩拢来，同时发出愉快的低吟。这真是他一心想望的风韵，他喜欢的可不是那种天真而冷漠的小雏。先前最放肆的想像现在都能实现。在这自由自在的天地里，什么清教徒式的爱情，什么古板的规矩，全都抛到九霄云外去了。

她的裸体姿态自然，好像她一直就是在他梦中的海滩上漫步的那个姑娘。她在床上的体态灵活而优美，亲热一番之后，她会跳下床来，在房里蹀来蹀去，扭着她少女的腰肢，一边哼着晚餐剩下的干面包卷。

当电灯变成死囚牢房的黄色，窗户泛出神灵的蓝光时，她突然睡着了，好像话说到一半忽地闭嘴不语一样。他摸进浴室，可水管里只流出铁锈色的几滴水。他叹了口气，用两个指尖从澡盆里捏起一个软耷耷的丝瓜瓢，又撒手让它落了下去。他审视着那块滑溜溜的粉红色香皂，心想他一定要教会玛戈讲究卫生。他的牙齿直打颤。他穿上衣服，把鸭绒被盖在睡得正甜的玛戈身上，吻吻她温暖、蓬乱的黑发，在桌上留了个字条，就踮着脚尖走了出去。

当他步行在和煦的阳光下时，他意识到，清算自己行为罪过的时候就要到了。他又来到他和伊丽莎白一道居住了那么久的公寓；他上了电梯——八年前他和保姆、妻子就是乘着这部电梯上楼的，当时保姆抱着婴孩，妻子脸色苍白却又喜气洋洋。他回到自家门前，又看到他的学者风度的姓名牌闪着严肃的光。这时只要有一桩奇迹发生，他就会和头天夜晚的行为一刀两断，只要伊丽莎白没有看到那封信，他总能设法解释昨晚为什么没有回家——他可以半开玩笑地说，他到一个日本画家那里抽鸦片去了。那日本人到他家来吃过饭——这条理由还算说得过去。

现在不得不打开这扇门，走进去，看一看……会看见什么……还是不进去为好——一切听其自然。是否应当一溜了之？

他忽然想起，在战场上他曾强迫自己在没有掩护的情况下不要把腰弓得太低。

他一动不动地站在门厅里，听着。没有一点响动。每天早晨在这个时候，公寓里通常是嘈杂的：什么地方响着哗哗流水声；保姆大声跟伊尔玛说话；女仆在餐厅里把盆盆罐罐弄得丁当作响……现在屋子里竟鸦雀无声！伊丽莎白的雨伞立在屋角。他对着雨伞出起神来。他这么呆站着的时候，弗丽达出现在过道里。她没有系围裙，直愣愣盯了他一会，哭丧着脸说：

"啊，先生，昨晚上他们全都走了。"

"哪儿去了？"欧比纳斯没有看着她。

她讲述了事情的经过，讲得很快，嗓音也异乎寻常地高。她拿过他的帽子和手杖时忽然痛哭起来。

"您喝咖啡吗？"她抽泣着问。

卧室里乱糟糟的，一看就知道出了什么事。妻子的夜礼服摊在床上，衣柜的一个抽屉拉了出来。他已故的岳父的那帧照片也从桌上消失了。地毯的一角翻卷了起来。

欧比纳斯把地毯掀起的一角放了回去，随后轻轻地走进书房。书桌上摆着几封拆开的信。噢，就是那一封——多么孩子气的笔迹！尽是错字。德雷亚寄来的午餐请柬，真不错。雷克斯写来一封短信。牙医的账单。很好。

两小时之后，保罗来了。看得出来，他刮脸的时候一定挺粗心，丰满的面颊上交叉贴着黑胶布。

"我回来取东西，"他边走边说。

欧比纳斯跟在后边，裤兜里的钱币丁当作响。他默默地看着保罗和弗丽达整理提箱，好像他们正急着去赶火车。

"别忘了那把伞，"欧比纳斯呆呆地说。

他又跟在后边看他们收拾育儿室里的东西。保姆房里放着一只装好的旅行皮箱，他们拿走了那只箱子。

"保罗，听我说一句话，"欧比纳斯轻声说。他清咳一声，走进书房。保罗跟进去，站在窗子旁边。

"事情弄得很糟，"欧比纳斯说。

"我只想告诉你，"保罗凝望着窗外说，"伊丽莎白能挺过这场灾难就算是万幸。她……"

他泣不成声了。脸上贴的黑胶布一上一下地颤动。

"她跟丢了魂一样。你把她……你……你真是一个恶棍，十足的恶棍！"

"话说得太重了吧？"欧比纳斯竭力想笑一笑。

"真可恨！"保罗大声说，第一次转过身来看着姐夫，"你在哪儿认识她的？那个骚货怎么敢往你家里写信？"

"别发火，慢慢说，"欧比纳斯舔舔嘴唇。

"我真想揍你一顿，真想杀了你！"保罗更加提高了嗓门。

"弗丽达在外边呢，"欧比纳斯小声说，"留神她听见了。"

"你怎么不回答我的问题？"保罗想揪住他的衣领，他苦笑着打了一下保罗的手。

"我不愿意受人盘问，"他轻声说，"这件事很不幸。你不认为这是一场可怕的误会吗？你瞧……"

"你撒谎！"保罗用椅子顿着地板吼道，"你这个无赖！我刚去找过她。那个小骚货，应该关进教养院。我知道你会撒谎的，你这个无赖。亏你干得出这种事！这不仅仅是过错，这简直是……"

"够了，"欧比纳斯打断他，声音低得几乎听不见。

一辆卡车开了过去。窗框微微发颤。

"欧比，唉，"保罗忽然平静，忧伤地说，"谁又想得到……"

他走了出去。弗丽达在侧厅里啜泣。有人把行李提出了门。屋里又静了下来。

一〇

　　那天下午，欧比纳斯收拾好箱子，开车来到玛戈的住处。起初弗丽达说什么也不肯留下来看守空公寓。欧比纳斯说，她的情人——那个体面的警官，可以搬到保姆原先住的那间房，弗丽达这才答应了。如果有人打来电话，她就该回答说，欧比纳斯带着全家去意大利了。

　　玛戈见到他时态度冷淡。那天早晨一个怒气冲冲的肥胖绅士把她吵醒，说是来找他的姐夫，还骂了她一通，幸亏长得又粗又壮的厨娘把他推了出去。

　　"这套房间真的是给一个人住的。"她瞥了一眼欧比纳斯的提箱。

　　"啊，我求求你，"他可怜巴巴地轻声说。

　　"好些事我都得跟你先说清楚。我可不愿意听你那些臭亲戚到这儿来骂街。"她裹着红绸晨衣，右手搁在左腋窝下，一边使劲抽烟，一边在屋里踱来踱去。她的黑发散落下来，盖住了眉毛，活像吉卜赛女郎。

　　吃完茶点，她开车去买唱机。干吗买唱机？怎么偏偏今天去买……欧比纳斯疲惫不堪，头疼欲裂。他躺在那间丑陋的客厅里的沙发上想："出了这样大的乱子，我倒还没有乱了方寸。

伊丽莎白昏迷了二十分钟。后来她哭叫起来。她的尖叫大概难听极了。我倒挺镇静。她还是我的妻子，我爱她。如果她因为我的过错而死，我一定去自杀。真不知他们怎么向伊尔玛解释的：为什么这么匆匆忙忙搬到保罗家里去，为什么大家都愁眉苦脸？弗丽达说得真难听：'太太又哭又闹……'奇怪，伊丽莎白说话从没提高过嗓门。"

第二天，玛戈上街买唱片的时候，欧比纳斯写了一封长信。信写得很诚恳，虽然辞藻有点过于华丽。他在信里担保说，他仍像先前那样爱她。尽管他小小的恶作剧"给我们的家庭幸福带来了创伤，就像疯子用尖刀划破了一张画"。他哭了。他仔细听了听，确信玛戈还没回来，就继续写下去。他一边啜泣，一边喃喃自语。他恳求妻子原谅，却又绝口不提他是否打算离开情妇。

他没有收到回信。

他意识到，如果不想继续折磨自己，他必须彻底忘掉他的家室，毫无顾忌地听任放荡的玛戈在他身上煽起炽热甚至病态的情欲。玛戈任何时候都不拒绝他的调情，那只会提高她的兴致。她快乐放纵，无忧无虑。几年前大夫曾说她不能生育，她把这一缺陷当作上帝的赐福。

欧比纳斯教她每天洗浴，而不是像先前那样只洗洗手和脖颈。现在她的指甲总是收拾得干干净净，手指和脚趾都涂上了红亮的指甲油。

他不断在她身上发现新的迷人之处——一些小小的、引人怜爱的举动。如果换了别的姑娘，这类习性会被他看作粗俗的恶习。她那少女的苗条身段，放任的举止，以及逐渐使眼光蒙眬起来的小伎俩（就像剧场的灯光逐渐转暗一样），使他欣喜若狂，竟至于全然抛弃了与文雅、刻板的妻子拥抱时的那种拘谨与分寸。

他几乎从不离开公寓，因为怕碰见熟人。只有在早晨，他才很不情愿地放玛戈出门——到街上采购长筒袜呀，丝绸内衣呀。她毫无好奇心，这简直让他吃惊——她从不探问他先前的经历。有时候他给她讲自己过去的生活，想引起她的兴趣。他谈到自己的童年，谈到他只有模糊印象的母亲，还有父亲——一个血气旺盛的乡绅。父亲很喜爱自己的狗、马、橡树林和玉米。他死得很突然，在弹子房里听一个客人讲色情故事的时候，他大笑一阵骤然去世。

"那是个什么故事？讲给我听吧，"玛戈说。可他不记得了。

他向她讲述自己早年对绘画的爱好，讲到他的作品和他的发现。他说，用大蒜和松香末可以清除旧画表面陈年的罩光漆，恢复画的原貌；用绒布蘸上松节油可以擦掉涂抹在作品表层的灰黑颜色或粗劣的画面，使原作重新放出光彩。玛戈最感兴趣的是，这样一幅画能卖多大价钱。

他讲到战争，讲到战壕里冰冷的泥土。她却问，既然他那么有钱，怎么不设法调到后方去呢。

"你这孩子真傻！"他会一边抚摩她，一边说。

到了傍晚，她开始感到厌倦。她想看电影，想去讲究的餐馆，想听黑人音乐。

"你的愿望都会得到满足，真的，"他说，"不过先得让我缓过劲来。我想好了各种计划……我们很快就要去一趟海滨。"

他环视玛戈布置的这间客厅，诧异地想：我向来不能容忍低下的趣味，怎么竟看得惯这丑陋不堪的房间了呢？他知道，爱情能够化丑为美。

"我们相处得很好，是吗，亲爱的？"

她以恩赐的态度表示赞同，她懂得，眼前的一切都是暂时的——她心里总惦记着他那套豪华的公寓，当然，不能操之过急。

七月的一天，玛戈从成衣店步行回家，快到家门口时，有人从后边捏住了她的臂弯。她转过身来，是她哥哥奥托。他阴阳怪气地朝她一笑。他的两个朋友站在不远处，也朝她龇牙一笑。

"见到你真高兴，妹妹，"他说，"出门就忘记了家里的人，这不大好吧。"

"放开我，"玛戈轻声说。她的睫毛垂了下来。

奥托双手叉着腰说："你真够俏的。"他从头到脚打量玛戈，"简直像阔小姐啦！"

玛戈转身打算走开，可他又紧揪住她的胳臂，疼得她轻唤了一声"喔——唷！"这是她从小就有的习惯。

"听着，"奥托说，"我已经盯了你三天。我知道你住在哪儿。不过咱们最好别在这儿说话。"

"放开我，"玛戈小声说。她使劲想挣脱。一个过路人停下来看热闹。她的公寓就在旁边，欧比纳斯也许无意中会朝窗外看，那可就糟透了。

她屈服了。他带着她拐过街角，他的两个伙伴卡斯巴和库特跟在后面边挥胳臂边挤眉弄眼。

"你到底想要什么？"她厌恶地盯着她哥哥满是油污的帽子和耳朵后边夹的烟卷。

他把头一偏，说："咱们到那家酒吧坐一坐。"

"不去，"她喊道。可那两个伙伴走上前来，吼骂推搡着把她弄进了门。她有些害怕了。

酒店里有几个人正高声争论着即将来临的大选。

"咱们就坐在这个角落吧，"奥托说。

他们坐下来，玛戈记得很清楚——现在回想起来颇有些惊异——当初她、奥托和这两个晒得黝黑的青年时常到乡下去游玩。他们教她游泳，在水下抓住她赤裸的腿。库特前臂上刺着一只铁锚，胸脯刺着一条龙。他们摊开手脚躺在沙滩上，互相投掷又湿又滑的沙团。她刚平躺下来，他们就跑过来拍打她湿漉漉的游泳衣。这伙无忧无虑的年轻人玩得真痛快。到处都是纸屑。满头金发，体格强健的库特在湖边颤着胳膊，装着发抖的模样嚷道："啊，水是湿的，湿的！"他游泳的时候把嘴沉在水下，发出海豹般的叫声。上岸之后他的第一件事就是把头发梳向脑后，小心地戴上帽子。她记得他们怎样在岸边打球；她躺下，他们用沙把她埋起来，只把脸露在外面，然后用鹅卵石在沙上摆一个十字架。

"听着，"奥托说。桌上摆好四个盛着淡啤酒的金边玻璃杯。"不要交了阔朋友就嫌弃自己人。正相反，你得想着我们。"他呷了一口酒。两个伙伴也照样喝了一口，全都又轻蔑、又仇视地盯着玛戈。

"你们胡说些什么呀，"她傲慢地回答，"完全不是那么回事。实际上我们已经订婚了。"

三个人大笑起来。玛戈气极了。她偏过头去，摆弄手提包。奥托夺过手提包，打开，看见里面有粉盒、钥匙、一条小手绢，还有三马克半钱钞。他把钱拿在手里。

"付酒钱够了，"他说着微鞠一躬，把提包放回她面前。

他们又要了几杯酒。玛戈也勉强喝了几口。她不爱喝啤酒，可不想让他们喝自己那份。

"我可以走了吧？"她边问边轻轻整理两边太阳穴旁的发卷。

"走？不想和你哥哥，还有哥哥的朋友一道再坐一会啦？"奥托故作惊讶地讥讽她，"亲爱的妹妹，你可变多了。不过——咱们还没谈正题呢……"

"你偷了我的钱，现在我要走了。"

他们气汹汹地骂起来，她又害怕了。

"怎么是偷呢？"奥托恶狠狠地说，"这又不是你的钱。这是人家从工人阶级身上榨取的钱，然后又到了你手里，所以你最好别用偷这个字眼。你……"

他忽然顿住，口气变得缓和了一些：

"听着，找你朋友要点钱，给我们，给家里。五十马克就够了。听见了吗？"

"我要是不干呢？"

"那我们就要你好看，"奥托冷冷地说，"哼，我们早摸清了你的底细。订婚？说得好听。"

玛戈忽然微微笑了一下，垂下睫毛，轻声说："好吧，我帮你们弄钱。没事了吧？我可以走了吗？"

"真是乖孩子。不过你急什么？还有，咱们以后应当多来往一点。哪天到湖边玩去，好吗？"他转向他的朋友们，"咱们以前玩得多带劲！她实在不该跟我们装腔作势，对吧？"

可玛戈已经起身，站着喝光了杯里的酒。

"明天中午，就在这儿见，"奥托说，"然后我们开车出去玩一整天。同意吗？"

"同意，"玛戈痛快地说。她逐一和他们握过手就走出了酒店。

她回到公寓，欧比纳斯放下报纸起身迎接她的时候，她蹒跚了两步，假装要晕倒。她演得很拙劣，欧比纳斯却信以为真。他吓得赶紧把她扶到沙发上躺好，又端来一杯水。

　　"怎么啦？告诉我。"他一边摸着她的头发，一边不断地询问。

　　"现在你会不要我了，"玛戈苦着脸说。

　　他呼吸急促起来，马上作出最坏的判断——她对他不忠了。

　　"好，真是这样我就杀了她，"他立即这样想，可同时却仍然平静地出声问道："怎么啦，玛戈？"

　　"我欺骗你了，"她呜咽着说。

　　"非杀她不可了，"欧比纳斯想。

　　"我对你撒了个大谎，欧比。首先，我爸爸不是画家。他当过锁匠，现在是看门人。我妈妈擦洗楼梯。我哥哥是个普通工人。我的童年非常非常苦。他们打我，折磨我。"

　　欧比纳斯心里的石头落了地，怜悯之心油然而生。

　　"别吻我，听我说完，我从家里逃出来，靠当模特儿挣钱。一个可恶的老太婆剥削我。后来我交了个男朋友。他像你一样，也是结过婚的。他妻子不肯跟他离婚，我就和他分手了。我挺爱他，可我不愿意总当情妇。后来有个开银行的老头缠上了我。他答应把全部财产都送给我，可我当然还是拒绝了他。他伤心过度，死了。后来我就到'百眼巨人'当了引座员。"

"啊，我的小宝贝，到处受人欺侮。"欧比纳斯喃喃地说。
（顺便交代一句，他早就不认为自己是她的第一个情人了。）

"你真的不嫌弃我吗？"她想作出破涕为笑的模样，可惜
流不出眼泪来。"你不嫌我，我真高兴。可我得告诉你，最糟
糕的是，我哥哥发现了我现在的住处。今天我碰到他，他跟我
要钱，想敲诈。他以为你并不了解我的底细——我说的是，我
过去的经历。你瞧，看到他的时候我就想，有这样的哥哥真丢
脸。我又想，我那个老实巴交的情郎还蒙在鼓里，不知道我有
什么样的家庭——我实在为他们脸红。当时我还没有跟你说实
话，所以……"

他把她抱在怀里，来回地摇晃。他想哼催眠曲，可惜一首
也不会。她温柔地笑了。

"该怎么办呢？"他问，"我不敢再让你单独出门了。咱们
要报告警察局吗？"

"不，不用！"玛戈斩钉截铁地说。

一一

第二天，欧比纳斯第一次陪她出门。她要买许多件浅色上衣，要买洗海水澡的用品以及可以帮她把皮肤晒成棕色的大量润肤膏。欧比纳斯计划头一次旅行先带她去亚德里亚海滨的索菲疗养地，那是个炎热的花花世界。他们上汽车的时候，玛戈看到她哥哥站在街对面。可她没有指给欧比纳斯看。

和玛戈一道抛头露面使他感到很不自在，他不习惯这新的身份。回公寓的时候奥托已经不见了。玛戈知道，他一定恼火透了，一定会鲁莽地报复。

离开柏林前两天，欧比纳斯坐在一张极不舒适的书桌前写一封事务函件。玛戈在隔壁房间往亮闪闪的黑色新提箱里装东西。他听见薄砂纸的沙沙声，听见她抿着嘴在轻声哼一首小曲。

"多么不可思议，"他想，"如果在除夕夜晚有人对我说，几个月之后我的生活会发生根本的变化……"

隔壁房间里玛戈把什么东西掉在了地下。小曲在她嘴里停止了一会，接着又哼响了。

"六个月前我还是个模范丈夫，根本不认识什么玛戈。转眼之间，命运之神改变了一切！别人都能一边偷香窃玉，一边维持和睦的家庭，可事情一到我手里就一团糟。这是为什么？现在我坐在这儿，头脑清醒，思维很有条理。可实际上乱子正在越闹越大，天知道该怎么收场……"

门铃忽然响了。欧比纳斯、玛戈和厨娘从三扇不同的门里同时跑进门厅。

"欧比，"玛戈耳语说，"小心点，一定是他来了。"

"回你的房间去，"他也耳语道，"我来对付他。"

他打开门。来的是帽店女工。她刚走，门铃又响了。他再去开门，面前站着一个满脸蠢相的莽汉，却又酷似玛戈——黑眼睛，柔软光滑的头发，挺直的鼻梁，鼻尖中央微陷。他穿着出门的礼服，领带的末端塞在衬衫的两枚纽扣之间。

"你找谁？"欧比纳斯问。

奥托咳嗽了一声，沙哑着嗓子，以诚恳的语气说：

"我得跟您谈谈我妹妹的事。我是玛戈的哥哥。"

"请问，干吗非得找我谈呢？"

"您是……？"奥托探问道。

"希弗米勒，"欧比纳斯说。他放心了，这青年并不知道他的真实姓名。

"呃，希弗米勒先生，我看见您和我妹妹在一道，所以我想，也许您愿意和我……我们是不是……"

"当然可以——你干吗站在门口？请进。"

他走进来，清了清嗓子。

"希弗米勒先生，我想说的是，我妹妹年幼无知，小玛戈离家之后妈妈每天睡不着觉。要知道，玛戈才十六岁。她要是冒充大人，您可不要相信。我得告诉您，我们可是规矩人家。我爸爸是个老兵。您这件事办得相当糟糕。这种损失简直是难以弥补的……"

奥托越说越觉得有理，几乎快要相信自己编造的谎话了。

"真的，损失太大了，"他越来越激动，"想想看，希弗米勒先生，要是您自己有一个可爱又无知的小妹妹，有人忽然把她……"

"听着，老弟，"欧比纳斯打断他说，"您是不是搞错了？我的未婚妻说，她家里巴不得扔掉她这个包袱呢。"

"啊，哪里话，"奥托眨巴着眼睛，"您并没告诉我您打算娶她。要想娶一个良家闺女，就应该到她家里去求亲。最好还是多讲点规矩，少摆点架子，希弗米勒先生！"

欧比纳斯惊异地盯着奥托，心想这小伙子人虽粗鲁话却讲得有几分道理，因为他毕竟有权维护玛戈的利益，就像保罗有权关心他姐姐一样。这次谈话真有点像是在滑稽地模仿两个月前与保罗的那场难堪的争吵。不过他感到宽慰的是，他现在至少可以为自己辩护，不管对方是不是玛戈的兄弟——他可以只把奥托当作一个上门敲诈的人来对付。

"收起你这一套吧，"他坚定而又镇静地说——很有点绅士派头，"我知道该怎么办，用不着你多管闲事。请你走吧。"

"噢，真的吗？"奥托皱起眉头，"那好极了。"

他沉默下来，玩弄着手里的帽子。随后他改换了战术。

"在达到目的之前，你可能要付出很大代价，希弗米勒先生。你并不真正了解我的妹妹。我说她天真无邪，这是出于手足之情。你太容易上当了，希弗米勒先生。听你管她叫未婚妻，真让我笑掉大牙。我可以向您透露一点情况……"

"没有必要，"欧比纳斯愠怒地回答，"她自己都对我讲过了。她是个失去家庭温暖的可怜的孩子。请你马上离开这……"欧比纳斯打开了门。

"你会后悔的，"奥托尴尬地说。

"走吧，不然我要把你踢出去啦。"欧比纳斯说（这一下他算是完全胜利了）。

奥托慢吞吞地朝门口走去。

欧比纳斯有一种他出身的资产阶级所特有的浅薄的感伤气质。他忽然想（嘴里嚼着葡萄干），那小伙子一定过着十分穷困潦倒的生活。再说，他的确长得像玛戈，像玛戈生气时的模样。关门之前，欧比纳斯迅速地掏出一张十马克钞票，塞到奥托手里。

门关上了。奥托独自站在楼梯口，盯着那张钞票出神。他又按响了门铃。

"怎么又回来了？"欧比纳斯问。

奥托递过那张钞票。

"我不要你的小费，"他气恼地说，"还是施舍给失业的人们吧——到处都有失业的人。"

"呃，请你收下吧，"欧比纳斯很难堪。

奥托耸了耸肩。

"我不稀罕阔佬的残羹剩饭。穷人也有自尊心。我……"

"唉，我不是那个意思……"欧比纳斯解释说。

奥托阴沉着脸把钞票塞进衣兜里，一边骂骂咧咧拖着脚步走下楼去。他的社会荣誉感已经得到满足，现在可以去满足生理需要了。

"钱不多，"他想，"可总比没有强。不管怎么说，他怕我。这个鼓眼睛，说话结结巴巴的笨蛋。"

一二

从看到玛戈的信时起，伊丽莎白的生活就好像进入了迷离恍惚的梦境。起初她觉得，似乎丈夫已经离开人世，人们是在编出谎话来企图使她相信他只是抛弃了她。

她记得那天傍晚——现在显得像是很遥远了——他在出门前弯下腰来让她吻额头的时候说："你还是该把兰帕特医生请来，她老是那么搔可不好。"

这就是他说的最后一句话，只是一句家常话。他说的是伊尔玛脖子上生的一小块皮疹——说完，他就一去不复返了。

氧化锌软膏几天就治好了伊尔玛的皮疹，可世上没有一种药膏能从伊丽莎白的记忆中抹掉他那宽大白皙的额头和他出门时拍拍衣袋的那副模样。

最初那几天她总是哭。她没想到自己泪腺的功能竟是这么强。科学家是否计算过，人的眼睛里究竟能流出多少咸水？她想起有一年夏天在意大利海滨浴场，他们常用盆子盛了海水给婴儿洗澡。唉，她的眼泪能装满大得多的澡盆，能给一个活蹦乱跳的巨人洗澡。

不知怎么，在她看来，丈夫抛弃伊尔玛是比遗弃自己更为残忍的罪行。他是不是打算把女儿偷走呢？让女儿独自和保姆去乡下，这是不是保险？保罗说挺保险，并且让伊丽莎白也去。可她根本不听他的劝告。她感到自己绝不能原谅他（并不因为他羞辱了她——她的自尊心不容许她这样想——而是因为他降低了自己的人格）。然而伊丽莎白还是等待着，每天都盼着房门忽然洞开，就像在那雷雨交加之夜；她丈夫走进来，脸色就像拉撒路[1]一样苍白。他衣衫褴褛，蓝眼睛哭肿了，张着臂膀向她跑过来。

白天大部分时间她都坐在某个房间里，有时甚至就坐在门厅里——只要陷入那无边无际的遐想，不管走到哪里，她随时会就地坐下来——细细回味婚后生活的情景。她感到似乎丈夫一直对她不忠。现在她想起有一次在丈夫的手绢上发现的红色痕迹。她明白了，那是黏糊糊的吻痕。（就像一个学外语的人想起先前曾经看到过某一本书，就是用当时还不懂得的那种语言写成的。）

保罗想尽方法来分散她的注意力。他从不提起欧比纳斯。他改变了自己的某些嗜好，比如说，星期天早晨再也不去土耳其浴池了。他买来杂志和小说给她读，跟她谈论他们儿时的情景，谈论去世多年的父母和死在索姆河上的兄弟——他生着金黄色头发，是个音乐家，也是幻想家。

一个炎热的夏日里，他们去公园，看见一只小猴从主人手

1　Lazarus，《圣经·新约·路加福音》中的一个乞丐。

里逃脱，爬上一棵很高的榆树。它那灰毛蓬蓬的脑袋和一张小黑脸从绿叶丛中探了出来，随后又消失了。几英尺高处的一根树枝沙沙响着颤抖了一阵。它的主人轻吹一声口哨，拿出一只黄色大香蕉，又掏出一面小镜不断朝它晃着，想把它引逗下来。它却一概置之不理。

"它不肯回来了，这没用的；它永远也不会回来了，"她轻轻嘟囔着，忽然放声痛哭起来。

一三

　　天空一派碧蓝。玛戈伸开手脚躺在金黄的沙滩上，四肢晒成了蜜棕色，深黑色游泳衣腰间配衬着一条又细又白的弹力腰带——一幅标准的海滨招贴画。欧比纳斯躺在她身边，手撑下颌蛮有兴味地望着她闪着油光的、合拢的眼皮，望着她新涂过油膏的嘴唇。浸湿的黑发从她饱满的前额披向脑后，小巧的耳轮里闪烁着星星点点的沙粒。如果仔细审视，可以看到在她抹过油的肩头的凹陷处有一道彩虹般的光彩。那件海豹皮似的黑游泳衣紧裹着她的身躯，短得令人难以置信。

　　欧比纳斯让一把沙子慢慢从指缝泻出，像计时沙漏一样。沙子落到玛戈缩起的腹部。她睁开眼睛，耀眼的蓝天晃得她直眨眼。她笑了笑，又合上了眼睛。

　　过了一会，她爬起来，双臂抱住膝头，一动不动地坐着。他能看见她裸至腰部的脊背，沿脊柱的曲线闪烁着沙粒。他轻轻拂去沙粒。她的皮肤光滑，发烫。

　　"老天，"玛戈说，"大海今天真蓝哪！"

　　海水的确很蓝：远处是紫蓝，近处是孔雀蓝，反射阳光的波涛则像蓝宝石。泡沫翻卷着，奔腾着，然后减慢了速度，又开始后退，在浸湿的沙滩上留下一面平坦的镜子，接着又被下一股海浪掩没。一个多毛的男子身穿橘红游泳裤站在海边擦眼镜。一个小男孩又嚷又笑地看着泡沫涌进他用沙筑成的城堡。鲜艳的阳伞和有条纹的帐篷似乎在用色彩应和着游泳者发出的喧闹声。一只大彩球飞过来，"啪"地落在沙地上。玛戈拾起球，跳起来扔了回去。

欧比纳斯看到海滩的鲜艳背景衬托着玛戈的身影。他全神贯注地凝望着玛戈，对她身后的背景却视而不见。她身材苗条，晒得黧黑，披散着一头黑发，戴着亮闪闪手镯的胳臂掷出彩球之后仍然伸向前方。在他看来，玛戈像是为他新生活第一章的题头设计的精美彩色花饰。

她朝他走来。他躺在地上（用一块毛巾盖住晒起了水疱的粉红色肩膀），观看着她那双小脚的移动。她俯在他身上，发出柏林人那种抿嘴轻笑，使劲在他紧绷绷的游泳裤上捅了一掌。

"啊，水是湿的！"她边喊边朝海浪跑去。

她扭着臀部，张着双臂，趟着齐膝深的海水朝前走。她栽进水里，开始游泳。她格格笑着打水前进，泡沫淹到她的腰部。他也溅着水花跟了过来。她朝他转过身，笑着，吐着唾沫，撩开粘在眼睛上的湿头发。他想把她按进水里。他揪住她的脚踝，她尖叫着踢他。

一柄紫红阳伞下，一位英国妇人懒洋洋地躺在海滩椅上读

《笨拙》周刊。她丈夫是一个戴白帽的红脸男子，正蹲在沙滩上。她转过身对他说：

"瞧，那德国人带着他女儿在水里玩呢。威廉，你也别净偷懒，带孩子们下水痛痛快快游一阵吧。"

一四

　　游完泳，他们穿着色彩鲜艳的浴衣顺着一条燧石山路往上走，金雀花和艾菊的气息让人有些透不过气来。远处，黑森森的柏树林里有一栋像白糖般白得耀眼的小屋。那是一幢租金昂贵的别墅。一些漂亮的大蟋蟀蹦过砾石路面，玛戈想逮住它。她蹲下来，小心翼翼地伸出拇指和食指，可蟋蟀那肘部尖尖的肢腿猛地一弹，鼓动着扇形蓝翅飞到三码之外，落地后就不见了。

　　铺着红瓷砖的凉爽的房间里，光线从百叶窗狭长的缝隙射进来，在眼前飞舞，又落到脚下，成为一道道白亮的光栅。玛戈像蛇一样扭动着蜕去黑色游泳衣，裸着身子，脚下踏一双高跟拖鞋，"嗒拉嗒拉"地踱来踱去，嘴里唏嘘啃着一个桃。射进屋来的光栅忽儿落在她身上，忽儿又从她身上消失。

　　到了晚上，娱乐场里举办舞会。天空被夕阳映红，海水的颜色显得浅淡了。一艘轮船从河里开过，船上的电灯发出喜气洋洋的光芒。一只笨拙的飞蛾绕着玫瑰形灯罩下的电灯飞舞。欧比纳斯和玛戈跳舞。她的头发梳理得十分平滑，脑袋刚刚够着他的肩膀。

　　他们来后不久就结识了几个朋友。当欧比纳斯看见她和一个舞伴贴得那样近，尤其当他想起她轻薄的紧身衫里什么也没穿时，一股卑劣的妒火在他胸中燃烧起来。她有意不穿袜子，以显露晒成好看的棕红色的双腿。欧比纳斯有时看不见她，就会站起身来，焦急地走来走去，一边用烟卷敲击烟盒。他会信步走进人们玩牌的房间，走上露台，再返回来，痛苦不堪地断定她在和别人调情。玛戈忽然会像从天而降似的出现在眼前，坐到他身边，穿着亮闪闪的华美服装，喝下一大口酒。他没有显出忧虑的神色，只是伸手到桌下抚摩她裸露的膝头。听到她那位舞伴说了句什么，她仰靠在椅子上大笑起来，两个膝盖碰到了一块儿。真是神经病，他想，那人说的话实在没什么可笑的。

说句公平话，玛戈的确尽了极大努力，一直没有背弃欧比纳斯。但不管他多么温柔体贴，她感到他们之间的爱情总是缺点什么，而第一个情人哪怕是极轻的爱抚都能让她得到愉快的享受。索菲疗养地跳舞跳得最好的一位奥地利青年，乒乓球也打得最好，不幸的是，这人长得有点像那位米勒。他那粗大的指关节，带讥讽神情的敏锐的眼睛，都使她想起她宁愿忘掉的一些往事。

一个炎热的夜晚，在跳舞间歇的时候，她和他信步走到娱乐场花园里一个黑暗的角落。到处弥漫着无花果树的阵阵幽香，月光和幽远的乐声千篇一律地融会在一道，很容易感动那些单纯的人们。

"别，别这样，"玛戈低声抗拒着。她感到他的嘴唇触到她的脖颈和脸庞，他那双灵巧的手正顺着她的腿摸索上来。

"不行，"她一边轻声说，一边仰头贪婪地回吻他。他的爱抚使她感到快要丧失最后一点抗拒的力量了，然而她还是及时溜脱了他的怀抱，跑到灯光明亮的露台上。

这样的事情以后再也没有发生。她完全迷上了欧比纳斯向她提供的这种生活——就像第一流影片里描绘的那种优雅的情调：随风摇曳的棕榈树，微微抖动的玫瑰花（因为摄影棚里总爱刮风）。她提心吊胆，生怕这一切会突然消失，所以她绝不敢轻易冒险；有一段时间她甚至丧失了自己的本性——自信。可到了秋天，回到柏林之后，她又故态复萌了。

玛戈一边打量着他们住过的那套舒适的公寓房间，一边冷冷地说："这地方挺不错，不过欧比，咱们总不能在这儿住一辈子吧。"

欧比纳斯正在穿戴，打算带她出去吃晚饭。他赶紧告诉她，他已经着手重新物色一套公寓。

"他真把我当成傻子了吗？"她恼恨地想。

"欧比，"她大声说，"你没听懂我的意思。"她重重地叹了一口气，用手捂住脸。"你嫌我给你丢脸。"她边说边从指缝里打量他。

他笑着过来拥抱她。

"别碰我，"她尖叫着，用肘弯狠狠拐了他一下，"我知道，你不愿意让人看见我和你一道上街。嫌我不好你可以走，回去找你的丽翠[1]吧，谁也没拦着你。"

"别这么说，亲爱的，"他不知所措地恳求道。

她倒在沙发上，居然啜泣起来。

欧比纳斯从膝盖那里往上提了提裤脚，跪下来小心翼翼地抚摩她的肩膀，可每回他刚把手伸过去，她就往旁边一躲。

"你想要什么？"他温柔地问，"想要什么，玛戈？"

"我想公开地和你一道生活，"她抽泣着，"想住到你家里，想出去见人……"

"可以，可以，"他说着站起来掸了掸膝盖。

（"不出一年你就会和我结婚，"玛戈一边想，一边继续装哭。"你得跟我结婚，除非到那时我已经进了好莱坞——真当了明星，你就可以滚蛋了。"）

"再哭的话，"欧比纳斯说，"我也要哭了。"

玛戈坐起来哀婉地一笑。脸上的泪痕使她显得更加妩媚。她的脸庞泛着红潮，眼睛水灵灵的，鼻梁边颤着一大滴眼泪。他从没见过这么大、这么亮的泪珠。

---

1 Lizzy，伊丽莎白的昵称。

一五

　　欧比纳斯已经养成不和玛戈谈论艺术的习惯。她对艺术一窍不通，也毫无兴趣。回到他和妻子共同生活了十年之久的老公寓之后，在最初的那段时间里，欧比纳斯还得学会不让玛戈觉察到他内心的痛苦。周围的一切都会勾起他对伊丽莎白的怀念，到处都摆着他俩互赠的礼物。从弗丽达阴沉的眼色里他看到了对自己的责备。玛戈对她破口大骂了两三次，弗丽达每次都轻蔑地听着。欧比纳斯和玛戈回来不到一周，弗丽达就离去了。

　　卧室和育儿室似乎都带着诚挚、无辜的神情责备地凝望着欧比纳斯——尤其是卧室，因为玛戈已经毫不迟疑地腾出了育儿室里的全部东西，把它变成了一间乒乓室。可卧室呢……头一夜，欧比纳斯觉得他能嗅到妻子常用的科隆香水的气味，这使他大为扫兴。玛戈见他忽然变得这么规矩，不禁格格地笑了起来。

　　欧比纳斯接到的第一个电话就使他十分难堪。这是一个老朋友打来的，问他们在意大利是否玩得痛快，问伊丽莎白身体如何，还邀伊丽莎白星期天上午和他妻子一道去听音乐。

　　"跟你说实话，"欧比纳斯硬着头皮说，"目前我和她暂时分居了。"（"暂时！"玛戈在心里嘲讽地说。她正扭着身子在镜子里观看自己已经由棕色褪成金黄的脊背。）

欧比纳斯生活中的变化很快就传开了，尽管他还天真地指望人们不会知道他正和情妇同居。他们开始邀人来做客，但他采取了一种普通的预防措施——让玛戈和其他客人一道离开，过十分钟再返回公寓。

他甚感凄凉地注意到，人们渐渐不再向他询问伊丽莎白；有的人不再来访；少数人——那些不断向他借贷的人——却友善、体谅得令人吃惊；那些寻欢作乐的朋友装作没有发生任何变化的样子；还有一些人照旧来访，多数是学术界的同行，可他们从不带夫人同来。那些夫人好像都得了一种古怪的头疼病。

他逐渐习惯于看到玛戈在各个房间活动，那些房间曾充满了使他怀旧的物品。她只需将某样小物件的位置稍加改变，这物件就会立即改观，再也勾不起对往事的怀念了。这只要看她与屋里的每件东西都接触一次需要多长时间。她是个动作敏捷的人，所以不出两个月，往昔的生活在这十二个房间里留下的痕迹便都被抹掉了。这套公寓仍是那样华丽，但它与欧比纳斯夫妇曾经居住过的地方已经毫无共同之处了。

一天夜里开过舞会之后，欧比纳斯正帮玛戈往脊背上抹肥皂，她则站在放满水的浴缸里踩着一块擦澡大海绵玩耍。（泡沫往上冒，像一杯香槟酒。）她忽然问，是否她也可以当电影明星呢？他心里正出神地捉摸着别的好事，便心不在焉地笑着说："当然可以，谁说不行？"

几天后她又提起这个话题，这次她特地选择了欧比纳斯头脑清醒的时刻。她对电影有兴趣，这使他感到高兴。他开始向她讲述自己如何比较无声电影和有声电影的优劣："声音会使电影大煞风景。"

"电影是怎么拍出来的？"她打断了他的话。

他建议她去摄影场，在那儿可以边看边向她解释电影的摄制过程。这以后，事情就进展得相当快了。

"哟，我别是在干蠢事吧？"一天早晨欧比纳斯自问道。他想起前天夜里他答应资助一个蹩脚的制片人摄制一部影片，条件是让玛戈担任影片的第二女主角——一个被遗弃的情妇。

"我真蠢！"他想，"那地方尽是油头滑脑卖弄风骚的年轻男演员，我带她上那儿抛头露面一定会成为笑柄。不过，"他安慰自己，"她也得找点事情解闷。要是她每天早起，我们就用不着把每个夜晚都耗在舞会上了。"

合同一签订，排练就开始了。开头两天玛戈回家时都生着一肚子气。她抱怨说，他们强迫她几百遍地重复同一个动作，导演朝她大喊大叫，灯光晃得她睁不开眼睛。只有一件事使她得到安慰——担任第一主角的女演员（相当出名）——多丽安娜·卡列尼娜——对她很好，夸她演得不错，说她一定能一鸣惊人。（"坏兆头！"欧比纳斯想。）

玛戈执意不让他去看她拍片，因为那样她会紧张。另外，如果事先参观了拍摄过程，放映时他就一点也不会觉得稀罕了——而玛戈却总喜欢让人吃惊。但欧比纳斯却喜欢偷看她在旋转穿衣镜前演习剧中人的动作。有一回地板嘎吱响了一声，使他露了马脚。她朝他扔来一个红靠垫，他不得不发誓说他什么也没看见。

　　他常开车送她去摄影场，然后开车接她回家。一天，她告诉他，排练要进行两个小时。于是他出去散步，无意中走到保罗住的那条街。他忽然极想见见他那面色苍白，相貌平常的小女儿，现在该是她放学回家的时候了。走到街道拐角，他似乎看见女儿在远处，和保姆在一道。可他骤然感到紧张，连忙加快步子走开了。

　　就在这一天，玛戈容光焕发地笑着走出摄影场对他说，她演得相当相当不错——电影很快就要拍完了。

　　"听我说，"欧比纳斯说，"我要宴请多丽安娜。我们要举办一次大型晚宴，邀请一些有意思的客人。昨天有个画家给我打电话。说具体点，他是个漫画家，专门搞滑稽图画之类的创作。他刚从纽约回来，这人的确有些才气，我也想邀请他来。"

　　"可我得挨着你坐，"玛戈说。

　　"可以，不过记住，宝贝，我不想让大家都知道你和我同居了。"

　　"哼，他们全都知道啦。你真蠢。"玛戈的脸色顿时阴沉起来。

"这样对你不利，不是对我，"欧比纳斯说，"你应该懂得这一点。我自己当然无所谓，不过咱们还是像上回那样办吧，这全是为你着想。"

"这样装模作样真是无聊……再说，眼前就有避免这些麻烦的好办法。"

"避免——麻烦？"

"你真不懂？"她噘起嘴。（"他什么时候才提离婚的事呢？"她想。）

"别这么不讲道理，"欧比纳斯哄着她，"你的要求我全都满足。这你都知道呀，我的小猫咪……"

他已经逐渐学会使用各种动物作爱称了。

一六

一切都按计划作好了安排。客厅的漆盘上放着名片，每张名片上都巧妙地标着一对客人的名字，这样每个人一看名片就知道该和谁一道进去就餐——兰帕特大夫和索尼娅·赫希；阿克谢·雷克斯和玛戈·彼德斯；波里斯·冯·伊万诺夫和奥莉加·瓦德海姆等等。一位标致的男仆（新近雇用的），生着一张英国爵爷般的脸孔（或者至少玛戈是这样认为的，她时常不无情意地拿眼睛瞟他），似乎颇有尊严地将来宾迎进公寓。每隔几分钟门铃就响一次。

客厅里除了玛戈已经到了五位客人。伊万诺夫来了——冯·伊万诺夫，他认为人们应当这样称呼他——很瘦，喜欢探头探脑，牙齿很糟，戴单片眼镜。然后作家鲍姆进来了，是个红脸膛、粗壮身材、爱大惊小怪的人，有着强烈的共产主义倾向和一笔相当可观的收入。鲍姆由他妻子陪伴着——那是个上了年纪的妇人，身材依然窈窕。在她不安分的青年时代，曾伴随作技巧表演的海豹在玻璃储水池中游过泳。

客人们已经谈得很融洽。奥莉加·瓦德海姆，一位臂膀雪白、胸脯饱满的歌唱家，橘酱色的头发烫成了发卷，说话的声音每一抑扬都显露出她悦耳的歌喉。她像往常一样，向人们讲述了她那六只波斯猫的有趣故事。

欧比纳斯站在那里笑着，一边越过老兰帕特（一位优秀的喉科专家、平庸的小提琴手）的一头白发望着玛戈，心想她穿的那件绣着天鹅绒大丽花胸饰的黑色薄纱衫真合身，真美。玛戈那艳红的唇边带着警觉的微笑，好像有些怀疑人家是否在哄骗她。她的眼睛露出小鹿般的神情。欧比纳斯知道，这表明她正倾听着她所理解不了的谈话——这回是兰帕特在评论辛德米斯的音乐。

他忽然看见玛戈涨红着脸站了起来。"真蠢，站起来干什么？"他想。

这时又来了几位客人——多丽安娜·卡列尼娜、阿克谢·雷克斯和两位不大出名的诗人。

多丽安娜拥抱并亲吻了玛戈。玛戈兴奋得两眼闪光，像是刚刚哭过一样。

"真傻，"欧比纳斯想，"一个二流演员，不值得这样崇拜。"

多丽安娜最出名的是她秀美的肩膀、蒙娜丽莎式的笑容和织布鸟般的沙哑嗓音。

欧比纳斯朝雷克斯走去。雷克斯不知道主人是谁，站在那里直搓手，像是抹了肥皂正在洗手。

"总算见到你了，"欧比纳斯说，"知道吗，我把你想像成了另一副样子——又矮又胖，戴一副角质眼镜。你的名字还总让我想起一把斧子[1]。女士们，先生们，这就是那位给两大洲带来欢笑的人物。希望他这次回来之后永远定居德国。"

雷克斯眨着眼睛，微微鞠躬致意，一直搓着双手。他那身令人瞩目的便装使周围宾客们缝工粗劣的德国晚礼服相形见绌。

"请就坐，"欧比纳斯说。

"我好像见到过您姐姐，"多丽安娜用悦耳的女低音说。

"我姐姐在天国呢，"雷克斯板着脸说。

"噢，真对不起，"多丽安娜说。

"她从没有来到过人世，"他补充了一句，然后坐到玛戈身旁的椅子上。

欧比纳斯开心地笑着，眼睛又溜到玛戈身上。她正低头跟邻座的索尼娅·赫希讲话。这是个相貌普通，举止像慈母一般的立体派艺术家。玛戈的姿态古怪地带着几分孩子气，她耸着肩，说话很快，眼睛水汪汪的，还不停地眨巴眼睛。欧比纳斯俯视着玛戈发红的小耳朵、脖子上的青筋及双乳间隐约的阴影。她用手托着发烧的脸颊，正急急忙忙口若悬河地说傻话。

"男用人手脚不干净的少得多，"她絮絮叨叨地说，"当然，画太大了谁也不会去偷。有一阵我挺喜欢画着男骑手的大幅画，可等你见识多了……"

1　雷克斯（Rex）与英文"斧子（Axe）"发音相近。

"彼德斯小姐，"欧比纳斯解围地说，"这位就是给两大洲带来……"

玛戈一怔，猛地转过身来。

"噢，是吗？您好！"

雷克斯鞠了一躬，转向欧比纳斯，慢悠悠地说：

"我在船上读到了您的大作《塞巴斯蒂亚诺·德尔比翁博[1]传》，可惜您没有引用他的十四行诗。"

"呃，不过他的诗写得很糟，"欧比纳斯说。

"说得对，"雷克斯说，"妙就妙在写得糟。"

玛戈跳起来，几乎是连滚带爬地朝最后进来的客人跑去。那是个长手长脚，年老色衰的妇人，像一只拔了毛的秃鹰。她是教玛戈朗诵的教师。

索尼娅·赫希换到玛戈的座位上对雷克斯说：

"您对卡明的作品有什么高见？我说的是他最近发表的那一组——《绞架与工厂》，您觉得怎么样？"

"糟透了，"雷克斯说。

餐厅的门开了，男宾们用眼睛寻找自己的女伴，雷克斯孤零零地站着。主人已经挽住多丽安娜，正东张西望地寻找玛戈，看见她就在前边，正挤在缓步走向餐厅的一对对客人中间，使劲朝前钻。

---

1 Sebastiano del Piombo（1485—1547），意大利文艺复兴时期画家。

"她今晚有点失常，"他焦虑地想。他把自己的女伴交给了雷克斯。

等大家动手吃龙虾的时候，餐桌上的谈话已经进行得很热烈，尽管话题有些东拉西扯。围桌而坐的是多丽安娜、雷克斯、玛戈、欧比纳斯、索尼娅·赫希和鲍姆（最好把这些名字串成一个圆圈）。玛戈一口干下了第三杯酒，然后瞪眼直愣愣地坐着。雷克斯既没注意玛戈，也没搭理多丽安娜——这名字使他气恼。他正隔着桌子跟作家鲍姆争论艺术表现手法的问题。

"比如一个作家描写印度，"他说，"——那地方我没去过。作家不厌其烦地描述善舞的女郎、猎虎、托钵僧、槟榔果、蟒蛇，这都是神秘东方的奇观。可这种描写有什么意义呢？等于什么也没说。这一大堆东方奇观只能把我搅得头昏脑涨。印度到底是什么模样，我仍然一无所知。还有另一种表现方法。比如说，作家可以这样写：'临睡前，我把湿靴子拿到门外晾干，第二天早晨发现靴子上覆盖着一层苍翠的森林。'（'生了一层绿霉，太太，'他向扬起一道眉毛的多丽安娜解释道。）这样我马上对印度有了一个活生生的印象，别的话就不用多说了。"

"瑜伽教徒挺有本事，"多丽安娜说，"他们要是运起气来……"

"不过，亲爱的先生，"鲍姆激动地说——他刚写完一本五百页的小说，背景是锡兰。他戴着硬壳遮阳帽在那儿度过了两周。"描写一定要详尽,这样每个读者都能看懂。关键不在于写什么,而在于提出——并解决什么问题。如果写热带,我肯定会从最重要的方面来揭示主题,那就是白人殖民主义的剥削和残暴统治。当你想起成千上万的……"

"我从来想不起这些,"雷克斯说。

玛戈正瞪着眼发愣,忽然格格地笑了——她发笑似乎和眼前这场谈话无关。欧比纳斯正和那位慈母模样的立体派艺术家谈论最近的一次画展。谈话中间他斜瞟着年轻的情妇。哦,她喝多了,就在他用眼睛瞟她的时候,她正从他的杯子里呷酒。"这姑娘!"他在桌下触摸她的膝头。玛戈又格格笑着,把一朵石竹花隔桌扔给了对面的老兰帕特。

"先生们,不知道各位怎样评价乌多·康拉德,"欧比纳斯也加入了这场辩论,"据我看,雷克斯先生,他那种敏锐的观察力和绝妙的文体也很合你的口味。如果他算不上一个伟大的作家,那是因为——这一点我赞成您的意见,鲍姆先生——他对社会问题不屑一顾,而在社会充满动乱的今天,藐视社会问题是一种不光彩,甚至不道德的态度。我在学生时代和康拉德很熟,因为我们一道在海德堡上学,后来还时常见面。我认为他写得最好的一本书是《消失的魔术》,就在我这儿他朗读了小说的第一章,就在这张桌子旁边——我说的是一张类似的桌子……"

饭后他们或躺或坐,有的吸烟,有的喝烈性酒。玛戈到处跑来跑去，那位不出名的诗人像一头蓬毛狗似的跟随着玛戈。她说要用香烟烧穿他的手掌，并且果真把烟头按在了他的手掌上。他却一边冒汗，一边保持笑容硬充好汉。雷克斯刚才一直在书房的角落里缠着鲍姆无休止地争辩，这会儿走到欧比纳斯跟前，开始向他描述柏林的某些景色，好像柏林是一个遥远而美丽的城市。他讲得如此绘声绘色，欧比纳斯竟答应陪他一道去观赏那条小巷、那座桥和那道颜色古怪的墙壁……

"真遗憾，"他说，"咱们不能一道搞我设想的那部电影。我敢说，如果我们合作，你一定能大显神通。可说实话，我无法实现自己的设想——不管怎么说，目前不行。"

终于，起初只是低声絮叨的浪潮逐渐高涨起来，席卷着宾客们———股泛着"晚安"泡沫的漩涡最后将所有的客人都卷出了门。

欧比纳斯一人孤单单地留了下来。屋里空气发蓝，弥漫着烟气。有人把菜弄洒在土耳其餐桌上，弄得桌子黏糊糊的。神色庄重，却有点步履蹒跚的男仆（"他要是又喝醉了，我一定解雇他"）打开窗户，漆黑、清新、多雾的夜涌流进来。

"看来，这次晚宴不大成功，"欧比纳斯想，一边打着呵欠脱去了晚礼服。

一七

　　"有一个人，"雷克斯和玛戈一道走过街道拐角时说，"把一枚钻石袖链扣掉进了蓝色的大海。二十年后，就在同一天，也是星期五，他吃着一条大鱼，可鱼肚里没有发现钻石。我就喜欢这样的巧合。"

　　玛戈紧裹着海豹皮大衣，匆匆走在他身旁。雷克斯揪住她的肘弯，让她停下来。

　　"我绝没想到又会碰到你。你怎么到了那个地方？就像瞎子爱说的那句话——我简直不敢相信自己的眼睛了。看着我。我不敢肯定你是否比原先更美，可不管怎么说，我还是喜欢你。"

　　玛戈忽地啜泣起来，把脸扭了过去。他去扯她的袖子，她却别转了身子。两人在原地转起圈来。

　　"看在老天分上，你倒是说话呀。你想上哪儿？到我住的地方还是上你那儿去？你这是怎么啦？"

　　她挣脱了身子，快步走回街道拐角。雷克斯跟在后面。

　　"你到底怎么啦？"他迷惑不解地追问。

　　玛戈加快了脚步。他又追上她。

　　"跟我走，傻瓜，"雷克斯说，"瞧，我这儿有……"他掏出钱夹。

玛戈抡起手臂掴了他一耳光。

"你食指上戴的戒指跟刀子似的，"他慢悠悠地说。他还是跟着她，一边急急忙忙地在钱包里掏摸。

玛戈走到大门口，打开门锁。雷克斯正想把一样东西塞到她手里，这时忽然瞪大了眼睛。

"噢，原来是这么回事！"他认出这就是他们刚刚离开的那扇大门。

玛戈头也不回地推开了门。

"喂，拿去，"他粗鲁地说。

她没有理睬，他就把那东西塞进了她的皮衣领。大门本该"砰"地关上，可这是那种有劲也使不上的压缩空气门。他咬着下唇站了一会，就离去了。

玛戈在黑暗中摸索着走上第一层楼梯平台，正要往上走，忽地感到一阵晕眩。她坐在楼梯上，呜呜咽咽地哭起来。她从没有这样痛哭过，即使在那次被他抛弃的时候，也没有哭得这样伤心。她感到有一样皱巴巴的东西蹭着她的脖颈，便把它捏了出来。是一张粗纹纸。她按了一下电灯开关，看见手上拿着的不是钞票，而是一张铅笔画——一个姑娘的后背，她赤裸着肩和腿躺在床上，脸朝着墙。画的下方用铅笔写着年、月、日，后来又用钢笔描过——正是他抛下她的那一天。难怪他叫她不要回头，原来他正在画她！从那天到现在，果真仅仅才过去了两年吗？

电灯"啪"的一声关上了，玛戈靠在电梯栅栏上又哭了起来。她很伤心，因为那次他抛弃了她；因为他隐瞒了自己的姓名和身份；因为假使他不走，她和他也许一直会生活得很好；因为那样的话，她或许不会落到两个日本人、那个老头，以及欧比纳斯的手里；还因为在宴席上雷克斯摸着她的右膝，而欧比纳斯摸着她的左膝——好像她的右边是天堂，她的左边是地狱。

她用衣袖擦去了泪涕，摸黑按亮了电灯。灯光使她镇静了一点。她又把那张速写看了一遍。她想，不管这张画对她多么有意义，保存它是危险的。她把画撕碎，从栏杆扔进了电梯井。这动作使她想起了她的童年。她取出随身带的小镜子，上唇使劲朝下绷着，一边用手飞快地绕着圈在脸上扑粉。她果断地合上手提包朝楼上跑去。

"怎么这么晚才回来？"欧比纳斯问。

他已经穿上了睡衣。

她气喘吁吁地解释说，冯·伊万诺夫一直缠着她，要开车送她回家。

"我的美人眼睛水汪汪的，"他喃喃地说，"一定是又累又燥热。我的美人喝多了。"

"别，今晚上别碰我，"玛戈轻声说。

"啊，我的小兔，"欧比纳斯恳求道，"我等了你好久啦。"

"那就再耐心等一等。我先得问你，离婚的事办得怎么样了？”

　　“离婚？”他惊讶地重复了一句。

　　“你有时候真让我纳闷，欧比。不管怎么说，办事总该名正言顺，对吧？也许你打算离开我，再去找你的丽翠吧？”

　　“离开你？”

　　“别老重复我的话，你这个白痴。给我一个像样的答复，不然就离我远点。”

　　“好吧，”他说，“星期一我去找我的律师。”

　　“真的？说话得算数！”

一八

阿克谢·雷克斯很乐意回到自己美丽的故园，最近他很不顺利。命运之舟莫名其妙地搁浅了，他只好随便把它像破车一样丢弃在海滩上。他和编辑吵了一架，那家伙不喜欢他最近编的一套幽默画——倒不是为能否发表这套漫画而争吵。总之，两人闹翻了。这当中还牵涉到一个有钱的老处女，一笔可疑的现金交易。（"不过倒挺逗乐，"雷克斯不无忧伤地想。）然后，某部门的当局和他作了一次不容分辩的谈话，谈到关于不受欢迎的外侨的问题。人们亏待了他，他想。不过他并不和他们计较。真滑稽，这些人刚刚还在拼命赞扬他的作品，转眼就翻了脸，居然跑来扇他耳光（有一两次打得他挺疼）。

然而最糟糕的还是他的经济状况。他的名望——他不是那个态度温和的蠢材昨天所说的那种世界名人，但他毕竟还是一个名人——有一个时期曾为他赢来大量钱钞。现在他正无事可做。柏林人向来不大懂得幽默，作为漫画家他在这里没多大奔头。他先前挣了那样一大笔钱，手头本该很宽裕——如果他不是一个赌徒的话。

他从小就喜欢赌纸牌，难怪现在打扑克成了他最大的嗜好。不管什么时候，只要能找到玩伴他就要开局；甚至做梦的时候他也在打牌——和古人打牌，和早已去世的某个远亲打牌。其实，在现实生活中他可想不起他们来。他梦中的赌伴还有那些在现实生活中根本不屑于跟他交往的人。他梦见自己取牌，把取到的五张牌叠在一道，凑到眼前，高兴地看到一个戴帽子、穿灯笼裤的"小丑"。他把大拇指按住那叠纸牌的上角，小心翼翼地一张张掀开。他看到了五张小丑。"妙极了，"他心想。小丑这么多，他并不感到吃惊。他不声不响地下了第一笔赌注。亨利八世（霍尔拜因[1] 描绘的）只有四张王后，也随着他下了赌注。这时他从梦中醒来，还保持着打牌时那张不动声色的脸。

早晨天气阴冷，屋里很暗，他不得不扭亮了床头灯。纱窗帘很脏。根据租价，他们本该租给他更好的房间。（不过，他想，他们也许根本拿不到他的房钱。）他忽地想起了昨天的奇遇，不觉快活地打了个寒噤。

回想往昔的艳遇时，雷克斯向来不会动感情。和玛戈的交往却是个例外。在过去两年里他时常思念她；他时常带着近似于忧郁的神情呆看着那张速写。这种情绪来得有些古怪，因为阿克谢·雷克斯——我们至少可以说——是个玩世不恭的人。

第一次离开德国时他还是个青年（他走得很急，为了逃避战争）。他撇下可怜的半痴呆的母亲。就在他离开德国去蒙得

1　Hans Holbein the Younger（1497—1543），德国画家，侨居英国时曾任亨利八世的宫廷画师。

维的亚的第二天，母亲滚下楼梯摔死了。小时候他曾经往活老鼠身上浇油，点火，看着它们像流星似的乱窜一阵。他怎样耍弄猫，就更无法细说了。

长大之后，随着艺术才能的增长，他开始用更为机巧的方式来满足自己的好奇心。这并不是医学家所说的"病态生理"——哦，完全不是——这只是一种冷漠专注的好奇心，只是生活在为他的艺术提供一些注脚。他喜欢把生活描绘成荒诞不经的样子，看到生活束手无策地变成取笑、讥讽的对象，他感到其乐无比。他鄙视有意的恶作剧，喜欢让事情自行发生，他只需偶尔稍加点拨，车轮就会启动，直朝山下滚去。他喜欢骗人取乐，骗得越省力，他越得意。不过，这个危险人物拿起画笔的时候的确是一个优秀的艺术家。

大叔一个人陪孩子们待在屋里。大叔说，他要化装一下，给孩子们取乐。孩子们等了半天他也没露面，他们跑下楼去，看见一个蒙面人正把桌上的银餐具装进一个口袋。

"嘿，大叔，"孩子们高兴地喊道。

"我化装得像吗？"大叔说着揭下面具。这就是雷克斯的黑格尔三段论式幽默。命题：大叔装扮成窃贼（逗孩子们乐）；反命题：那人的确是一个窃贼（逗读者乐）；结论：那人还是大叔（愚弄读者）。雷克斯就喜欢在他的作品中表现这种"超级幽默"。他说这是他的新发明。

有一天，一位大画家在高高的脚手架上一步步倒退着审视刚刚完成的壁画。再退一步他就会掉下来。这时如果有人大声发出警告，也许会使画家丧命。画家的助手十分冷静，他将一桶颜料甩到了那幅杰作上。多么有趣！可如果让聚精会神的画家继续倒退，终于一脚踏空——却让观望的人白白地盼着那桶颜料，岂不是更加有趣！因此在雷克斯看来，一方残忍而另一方轻信，这正是讽刺艺术的根基。（另外，讽刺也是一种虚假的推理，诱惑人们再次上当。）在现实生活中，假若一个瞎眼乞丐拄着拐杖愉快地摸索到油漆未干的板凳前打算坐下，雷克斯会一动不动地袖手旁观。这件事只能为他的下一幅小画提供素材。

然而这套理论却不适用于他对玛戈的感情。对待玛戈，即使从艺术的角度来讲，雷克斯的画家气质也超过了讽刺家的气质。他感到有些气恼的是，和玛戈重逢竟使他格外高兴。当初他抛弃了玛戈，那只是由于担心自己爱得太深而不能自拔。

现在他首先得查明她是否真正在和欧比纳斯同居。他看了看表——十二点。他看了看钱夹——空的。他穿上衣服，步行到头天夜里去过的那所公寓。雪花轻轻地，绵绵不断地飘落下来。

开门的正好是欧比纳斯本人。他起初没有认出眼前这位满身白雪的来客。可当雷克斯在垫子上蹭净了鞋抬起头来时，欧比纳斯立即对他表示了热忱的欢迎。头天晚上这个人给欧比纳斯留下了很深的印象，不仅因为他机敏、大方，而且因为他相貌奇特——苍白，凹陷的脸颊，厚嘴唇，再加上一头古怪的黑发，丑得不乏魅力。另外，欧比纳斯还高兴地想起玛戈在谈到晚会时说的话："你那个画家朋友丑得令人作呕——我宁肯死也不愿意吻这样丑的男人。"多丽安娜对他的评价也很有意思。

雷克斯道歉说，他这样来访有些失礼。欧比纳斯和善地笑了。

"说实话，"雷克斯说，"您是我在柏林愿意深交的少数人之一。在美国，人们彼此交往比这里随便得多，我也就养成了这种不拘礼节的习惯。请原谅我的冒昧——为什么要把那个漂亮的布娃娃摆在长沙发上？要知道，沙发正上方挂着勒伊斯达尔[1]的画呀！您真认为这样的安排是可取的吗？另外，我可不可以仔细看看您的那些画？其中有一幅好像挺不错的。"

欧比纳斯领他穿过各个房间。每间房里都有几幅好画——偶尔也有一两幅赝品。雷克斯全神贯注地审视着。他疑心洛伦佐·洛托[2]的那幅穿紫袍的约翰与哭泣的圣母并不是原作。在他的冒险生涯中，有一个时期他专门制作假画，绘制了一批相当出色的赝品。都是十七世纪的作品——那是他擅长的时代风格。昨夜他在餐厅里见到一幅十分眼熟的画，现在他又细看着那幅画，心里喜不自胜。这是博然[3]最拿手的：构图棋盘上放

1　Jacob van Ruisdael（1628—1682），荷兰画家。

2　Lorenzo Lotto（1480—1556），威尼斯画家。

3　Lubin Baugin（1610—1663），法国画家。

着一把曼陀林，玻璃杯里装着红酒，旁边衬一朵白石竹花。

"像现代画家的作品吧？简直是超现实主义画派。"欧比纳斯热心地介绍说。

"挺像，"雷克斯握着自己的手腕审视那幅画。当然是现代作品，这是他八年前画的。

他们走进过道，那里挂着一幅利纳尔[1]的佳作——花卉和生着眼形花纹的飞蛾。这时玛戈走出洗澡间，身上穿着鲜黄色浴衣。她沿着过道跑去，差点跑丢了一只鞋。

"这边走，"欧比纳斯尴尬地笑了笑说。雷克斯跟他走进书房。

"如果我没看错，"他笑着说，"那是彼德斯小姐。她是您的亲戚？"

"干吗要撒谎呢？"欧比纳斯敏捷地想，这人多么机灵，哪能瞒得过他？干脆摆出浪漫不羁的派头，岂不显得洒脱？"她是我的小情人，"他大声回答。

他留雷克斯吃饭，雷克斯毫不推辞地应允了。玛戈来到餐桌前。她面容倦怠，却显得镇定自若。头天夜里难以抑制的激动和焦虑已经转化为一种近乎喜悦的心情。她在这两个分享她爱情的男子之间坐下，感到自己像是在一部神秘而又动人的影片中扮演主角。她尽力演得合乎分寸：心不在焉地微笑，垂下

1　Jacques Linard（1600—1645），法国画家。

睫毛，在请欧比纳斯递过水果的时候温柔地用手摸着他的衣袖，同时向先前的情夫投去短暂、冷漠的一瞥。

"不，这次再不能让他逃掉，绝不让他溜走，"她忽然这样想。一阵欢快的颤栗传遍全身，她好久没有体验到这种感情了。

雷克斯很健谈。他讲了好些笑话，还说到一个扮演洛恩格林的演员，醉得误了天鹅船，只好眼巴巴地等着下一趟。欧比纳斯开怀大笑，可雷克斯知道，他只听懂了一半。（这个笑话另有含义。）雷克斯知道，正是笑话的另一半含义使得玛戈咬唇忍俊。他讲话时几乎不看她。当他把目光转向她时，她会立即低头察看自己的衣衫，并且不自觉地整理一下他注意到的部位。

"过不了多久，"欧比纳斯挤了挤眼，"我们就会在银幕上看到某人的芳容。"

玛戈噘起嘴来，在他手上轻轻打了一下。

"您是演员吗？"雷克斯问，"哦，真是演员？可不可以告诉我，您将在哪部影片里献艺呢？"

她回答时并不看他，心里却颇为得意。他是著名画家，她是电影明星，现在可以平起平坐了。

饭后雷克斯立即告辞。他一边计划下一步行动，一边踏进一家赌馆。一手同花顺子使他振作了一些（他好久没交这样的好运了）。第二天他给欧比纳斯挂电话，两人一道去看了一个风格鲜明的现代派画展。第三天他去欧比纳斯的公寓吃晚饭。

后来他又自行登门拜访，玛戈不在。他只好强打精神没完没了地和欧比纳斯高谈阔论。欧比纳斯开始喜欢他了，雷克斯却腻烦透了。最后命运总算大发慈悲，选择了在体育馆看冰球的机会降福于他。

当他们三人朝包厢挤去时，欧比纳斯看到了保罗的背影和伊尔玛金黄的发辫。总有一天会出现这样的场合。尽管他早有所料，但事情来得太突然，他大吃一惊，笨拙地一转身，猛地撞在玛戈身上。

"瞧你，瞎撞什么！"她气愤地说。

"你们先歇一会，要点咖啡，"欧比纳斯说，"我要去——呃——打电话。差点忘了。"

"别走，请你别走，"玛戈站了起来。

"有急事，"他又说。他躬着腰，尽量缩短自己的身躯（伊尔玛看见我了吗？），"我要是有事耽搁了，你别担心。对不起，雷克斯。"

"请待在这儿，"玛戈又悄声恳求。

欧比纳斯却没有注意到她奇怪的眼神，也没有看到她脸色绯红，嘴唇发颤。他弯着脊背，匆匆走向出口。

沉默了一阵。雷克斯长长地舒了一口气。

"Enfin seuls[1]，"他冷冷地说。

1　法语，总算只剩咱们俩了。

他们肩并肩坐在票价昂贵的包厢里，靠着一张小桌，桌上铺着雪白的台布。下面，就在栏杆另一边，延伸着广阔的冰场。乐队正奏着震人耳鼓的进行曲。空旷的冰面油汪汪地泛着蓝光。空气同时显得又热，又凉。

"现在你明白了吗？"玛戈忽然问。她自己也不知问的是什么。

雷克斯正要说话，大厅里响起了雷鸣般的掌声。他在桌下紧握着她热乎乎的小手。玛戈感到眼泪涌了上来，却没有把手缩回去。

一个穿白色紧身衣和卷边银光短裙的姑娘用冰鞋尖着地跑过冰场，乘着冲力优雅地绕圈，跳跃，转身，随后又滑行起来。

在她兜圈和舞蹈的时候，她那双亮晶晶的冰鞋发出闪电般的光芒，以巨大的冲力切割着冰面。

"你把我甩了，"玛戈说。

"是的，可我不是又迫不及待地回到你身边来了吗？别哭，宝贝。你在他那儿住了很久吗？"

玛戈正要说话，大厅里又骚动起来，冰场又空了。她把臂肘撑在桌上，手托着太阳穴。

在一片嘘声、掌声、喧哗声中，冰球运动员悠闲地滑过冰面——先是瑞典运动员，然后是德国运动员。客队守门员身穿鲜艳的厚运动衫，戴着从脚背遮到髋部的护垫，缓缓滑向小小的球网。

"他打算跟她离婚。你来得太不是时候了，懂吗？"

"笑话。你真相信他肯娶你？"

"你要是跑来捣乱，他就会变卦。"

"不，玛戈，他不会娶你。"

"我对你说他会。"

他们的嘴唇还在动，可周围的喧嚣淹没了这场短促的争吵，观众在激动地呼喊。球棒在冰面上灵巧地追踪冰球。击球，传球，球丢了，球棒在迅速的冲撞中"乒乓"相击。守门员在门前平稳地移动位置，并拢双腿，让两只护垫形成一个盾牌。

"……你真不该回来。跟他相比你是个穷光蛋。天哪，我知道你一定会把事情搅得一团糟。"

"你瞎操心。我们尽量多加小心就是了。"

"我受不了啦，"玛戈说，"这地方吵得我心烦意乱。咱们走吧。他肯定不会回这里来。他要是回来，这次就算是教训教训他。"

"到我那儿去，你一定得去，别犯傻啦。咱们不会耽搁太久，只待一个钟头就让你回家。"

"少废话。我可不想冒险。我花了好几个月工夫才把他笼络住，现在眼看就要大功告成，你想让我白费力气吗？"

"他不会娶你，"雷克斯的语气十分肯定。

"你送不送我回家？"她几乎是在尖声叫嚷——心里却闪过这样一个念头："让他在汽车里吻我。"

"等一等。你怎么知道我成了穷光蛋？"

"从你的眼睛就看得出来，"她说着堵上了耳朵，这会儿喧闹声达到了顶点——进了一球，瑞典守门员扑倒在冰面上，手中的球棒被打落，兜着圈子滑向远处，像一只落水的船桨。

"好啦，听我说，你这次不去只是白白浪费光阴。迟早你都会去的。跟我走吧。关上百叶窗之后，从我的窗户里可以看到好景致。"

"再啰唆我就自己乘车回家了。"

他们沿着包厢后边的过道走着。玛戈忽地一怔，皱起了眉头。一个戴角质框眼镜的胖绅士厌恶地盯视着她。那人身旁坐着一个正用望远镜看球赛的小姑娘。

"瞧那边，"玛戈匆匆对同伴说，"看见跟那小孩坐在一道的胖子吗？那就是他内弟和他女儿，现在我总算明白那蠢货为什么要开溜。可惜刚才我没注意到他们俩。有一回那家伙对我粗野极了，我真巴不得有人能帮我出这口气。"

"可你还指望——跟他明媒正娶地结婚呢，"雷克斯说。他伴着玛戈走下平缓宽敞的台阶。"他绝不会娶你。亲爱的，我有一个新建议，这算是最后一个建议。"

"什么建议？"玛戈警觉地问。

"我可以送你回家，亲爱的，不过车钱得由你付。"

一九

保罗盯着玛戈的背影，脖颈的肉堆积在衣领上，变得像甜菜根一般绯红。尽管他心地善良，可他也有与玛戈相似的想法——希望有人能教训她一顿。他不知道她的同伴是什么人，也不知道欧比纳斯在哪儿；他断定欧比纳斯就在附近，如果孩子忽然看见他那可就糟了。使他感到宽慰的是，哨声终于吹响，现在他可以带着伊尔玛溜走了。

他们回到家里，伊尔玛显得有些疲倦。妈妈询问比赛的情形时她没有答话，只是点点头报以嫣然一笑。这笑容是她最迷人的地方。

"那些人真棒，在冰上滑得飞快！"保罗说。

伊丽莎白若有所思地看了他一眼，转身对女儿说："去吧，该睡觉了。"

"不，我不睡，"伊尔玛困倦地恳求。

"天哪，都快半夜了，你从没这么晚睡过。"

"告诉我，保罗，"伊尔玛上床之后伊丽莎白说，"我感到好像出了什么事。你们走了之后我一直心神不定。告诉我，出了什么事？"

"根本没出事，你让我说什么？"他说着脸变得通红。

"你没碰到什么人吗？"她猜度地问。"真的，没碰到谁吗？"

"你怎么会有这种念头呢？"保罗嘟囔着。他简直不知所措了。自从和丈夫分离之后，伊丽莎白逐渐变得像通晓心灵感应术的人一样敏感。

"我总在担心出事，"她轻声说着垂下了头。

第二天早晨，保姆手里拿着一枚体温计，跑来叫醒了伊丽莎白。

"太太，伊尔玛病了，"她急促地说，"体温已经烧到三十八点三度。"

"三十八点三度，"伊丽莎白重复了一句。她忽然想到："难怪我昨天心神不安呢。"

她跳下床，跑进育儿间，伊尔玛仰卧在床上，睁着一双亮晶晶的眼睛盯着天花板。

"一个渔夫，一只船，"她用手指着天花板说，床头灯的光亮在那儿形成一个图案。天色尚早，外边正下着雪。

"喉咙疼吗，乖？"伊丽莎白一边问，一边忙乱地把晨衣穿到身上。她焦虑地俯身察看女儿尖尖的小脸。

"天哪，她的额头真烫！"她用手拨开覆在伊尔玛眉上的纤细、浅淡的头发。

"一、二、三、四根芦苇，"伊尔玛轻声说，仍然看着天花板。

"咱们该打电话请医生来，"伊丽莎白说。

"哦，用不着，太太，"保姆说，"我给她烧一杯滚烫的柠檬茶，再给她吃一片阿司匹林就行了。这一阵儿好多人都得了流感。"

伊丽莎白敲了敲保罗的门。他正在刮脸，顾不上擦掉嘴上的肥皂沫就跑进了伊尔玛的房间。保罗刮胡子时常把脸刮破，即使用保险剃刀也保不了险——这会儿他下巴上抹的泡沫底下正沁出一块鲜亮的红色痕迹。

"红草莓和白奶油，"他弯下腰来时，伊尔玛轻声说。

傍晚时分医生来了。他欠身坐在伊尔玛的床沿上，眼睛盯着房间的一个角落，开始给她诊脉。伊尔玛盯着医生那奇形怪状的大耳轮，盯着他耳孔里探出的白毛，以及他粉红色太阳穴上的 W 形血管。

"好，"医生从眼镜框上方打量着她说。他让伊尔玛坐起来，伊丽莎白撩起孩子的睡袍。伊尔玛的身子又白又瘦，肩胛骨瘦嶙嶙的。医生把听诊器贴到她背上，深吸了一口气，让她也照样吸气。

"好，"他又说。

他在她胸脯上的不同部位敲击了一阵，又用冰凉的手指按摩她的腹部。最后他站起来拍拍她的头，然后洗了手，把卷起的袖子放下来。伊丽莎白把他领进书房，他舒适地坐下来，打开钢笔帽写处方。

"是的，"他说，"最近很多人患流感。昨天一个演唱会取消了，因为女歌唱家和伴奏演员都感冒了。"

第二天早晨伊尔玛的体温显著地降了下来。保罗却浑身不适，喉咙发喘，不停地擤鼻子。可他不肯卧床休息，竟然照常去办公室上班。家庭教师也开始打起喷嚏来了。

当天夜晚，伊丽莎白从女儿腋下取出温热的玻璃温度计，她高兴地看到，水银柱并没有升到表示发烧的红色刻度以上。伊尔玛眨着眼睛，光线晃得她眼睛发花。过了一会，她转过身去朝墙躺着。房间里又暗了下来。四周的一切都温暖、舒适，还显得有点古怪。伊尔玛很快就睡着了，可到半夜的时候她从一个隐隐感到不快的梦中醒来。她感到口渴，伸手从床头柜上摸到盛着柠檬汁的黏糊糊的玻璃杯，喝干杯里的果汁，又小心翼翼地把杯子放回原处。她轻轻咂了咂嘴唇。

她感到房间里比平时更加黑暗。睡在隔壁房间里的保姆在大声打鼾，那鼾声简直有些兴高采烈呢。伊尔玛听着保姆的呼噜声，后来她又盼着电气列车从离她家很近的地底下开过来，盼着那亲切的隆隆声。然而电气列车没有来。也许因为时间太晚，所有的列车都停开了。

伊尔玛圆睁着眼睛躺在床上。忽然她听见街上有人吹起了她所熟悉的口哨。这哨声只有四个音符，她爸爸回家时总是像这样吹一声口哨，告诉他们，他马上就到家，可以摆桌子吃晚饭了。伊尔玛很清楚，现在吹口哨的不是她爸爸，而是另一个男人。两周以来那个男人经常拜访四楼住的一位小姐——公寓勤杂工的女儿只跟她说了这么多。伊尔玛说，不应该深更半夜跑来做客。这批评十分中肯，可勤杂工的女儿却伸出舌头做了个鬼脸。伊尔玛还知道，她不应该谈论自己的父亲——他现在和他的小朋友住在一起。这是她从两位太太那里听到的，当时她们边谈话边从她身旁经过，走下楼去。

那人在窗下又吹了一声口哨。伊尔玛想："说不定是爸爸，那可没准儿。没人给他开门。他们说吹口哨的是另一个人，是不是故意哄我？"

她掀开被单。踮起脚尖朝窗户走去，她撞到一把椅子上，一个软绵绵的东西（她的玩具象）啪地掉在地上，唧唧响了两声。保姆仍然在无动于衷地打呼噜。伊尔玛打开窗子，一股甜美、冰冷的空气涌了进来。在黑魆魆的街上站着一个人，正抬头凝望这栋楼房。她俯身朝下看了好久，但是她十分失望，那人不是她的父亲。那人一直站在那里，后来才转过身，缓步离去了。伊尔玛觉得他很可怜。她冻得身子发僵，差点连窗户也关不上了。她躺回到床上，可身子怎么也暖不过来。后来她睡着了，梦见和爸爸一道打冰球。他笑着，跌了个四脚朝天，把大礼帽也摔掉了。她也摔了一跤。冰上冷极了，可她却爬不起来。她的冰球棍竟像毛毛虫那样一屈一伸地爬走了。

第二天早晨她烧到四十度。她脸色铁青，胸侧疼痛。大夫立刻被请来了。

病人的脉搏每分钟跳一百二十次，叩诊胸肋疼痛部位时声音发闷，听诊器里能听到细微的罗音。大夫开了发散药、非那西汀和一种镇静剂。伊丽莎白突然感到自己快要发狂了。她已经遭受了一场劫难，命运凭什么还要再折磨她呢！她强打精神跟医生告别。临走前医生又去瞧了瞧正发高烧的保姆。不过那女人体壮如牛，这点病犯不着大惊小怪。

保罗陪医生走进门厅，沙哑着嗓子问，病人是否有危险。他患着感冒，却又想尽量压低嗓门。

"今天我还要再来一趟，"医生不紧不慢地说。

"他们总是这样，"老兰帕特下楼时想，"总是问同样的问题，总用恳求的眼光盯着你。"他取出记事本看了一眼，钻进汽车，坐在方向盘后边，同时啪地带上车门。五分钟后他走进了另一所住宅。

欧比纳斯把医生迎进门的时候，身上穿着一件暖和的绸边茄克衫。他在书房工作时常穿这件衣服。

"从昨天起她开始觉得不大舒服，"他焦虑地说，"她说她浑身都疼。"

"发烧吗？"兰帕特问。他心里盘算着，是否应该告诉这位心绪不宁的恋人，他的女儿得了肺炎。

"不烧。问题就在这儿：她的体温好像一点也不高，"欧比纳斯显得有些惊慌。"听说不发烧的感冒是一种特别危险的流感？"

（"我干嘛要把他女儿的情况告诉他呢？"兰帕特想，"他遗弃了自己的家庭，却一点也没有悔愧之心。他们要是想让他知道，他们自己会跟他说。我何必多管闲事？"）

"好吧，"兰帕特叹了一口气说，"咱们去瞧瞧你那位漂亮的病人吧。"

玛戈躺在沙发上，涨红着脸，脾气焦躁。她裹着一件镶了好些花边的晨衣。雷克斯跷着二郎腿坐在她身旁，正对着她美丽的头部在一个烟盒的底面画速写。

（"长得真俊，没说的，"兰帕特想，"不过有几分妖气。"）

雷克斯吹着口哨退到隔壁房间去了，欧比纳斯留在医生身旁作帮手。兰帕特开始诊视病人，她只是稍微有点感冒，没有关系。

"你最好在家里待两三天，不要出门，"兰帕特说，"呃，顺便问一句，电影拍得怎么样了？完成了吗？"

"完了，谢天谢地，"玛戈懒洋洋地裹了裹晨衣，"下月要举行一次不公开的预映，不管怎么说，我可不能一直病到那个时候。"

（"看来，"兰帕特自顾自地想，"他一定会毁在这个小妖精的手里。"）

医生走了，雷克斯又回到玛戈身边慢悠悠地画速写，他一直在从牙缝里吹口哨。欧比纳斯歪着头在他身边站了一会，观看着他那骨节突出的白皙的手在有节奏地挥动。随后欧比纳斯回到书房，继续写那篇评论某展览会的文章。关于那个展览会人们已经谈论得很多了。

"真不错，我跟你们这家人交上了朋友，"雷克斯说着扑哧笑了一声。

玛戈瞪了他一眼，没好气地说：

"是啊，我算是爱上了你这个丑男人——可你自己也知道，这样下去是不行的。"

他用手指使劲拨弄一下烟盒，让它在桌上旋转起来。

"听着，亲爱的，你一定得到我那儿去。当然，我过来看你也蛮不错，不过这样的会面我已经腻烦了。"

"首先请你不要大声嚷嚷。非得闯了祸你才甘心，是吧？只要我们出一点差错，只要他起一点疑心，他就会杀了我，或者把我赶出门去。那时咱们俩就都成了穷光蛋。"

"杀你？"雷克斯干笑了一声，"无稽之谈。"

"我求求你，再耐心等一等。难道你不懂得，只要他跟我结了婚，我就不用这么提心吊胆，就可以自由行动了。要想撵走合法的妻子可不那么容易。再说我还拍了那部电影。我有好多计划呢。"

"那部电影？"雷克斯又笑了。

"是的，等着瞧吧。那部电影一定会红起来，我很有把握。咱们要等待。我也跟你一样着急，亲爱的。"

他坐在她躺的沙发边上，用一只胳膊搂住她的肩。

"不，不行，"她颤了一下，眼睛却已经半闭起来。

"只轻轻吻一下。"

"别吻个没完，"她压低嗓音说。

他朝她俯下身去，忽然从远处传来一声门响。他们听见欧比纳斯走来的声音——他的脚步走在地毯上，走在地板上，走在地毯上，又走在地板上。

雷克斯正要直起腰来，却发现他上衣的一颗纽扣绊住了玛戈晨衣肩部的花边。玛戈想赶紧把纽扣解脱出来，雷克斯使劲拽，可那纽扣却纠缠在花边里，扯不开。玛戈一边惊慌地嘀咕，一边用尖利鲜亮的指甲又掐又撕。这时欧比纳斯急匆匆走了进来。

"呃，别以为我在拥抱彼德斯小姐，"雷克斯不慌不忙地说，"我只不过想让她躺得舒服一点，结果你瞧，扣子绊住了。"

玛戈头也不抬，仍在设法解开那缠住纽扣的花边。这场面实在滑稽极了，雷克斯暗中窃笑，乐不可支。

欧比纳斯默默地掏出一把大折刀，上面带着十二个附件。他抠出一个附件——却是一把小锉。他再抠出一个附件时，把指甲抠裂了。这场滑稽戏愈演愈精彩。

"老天，你可别拿刀子捅她，"雷克斯开心地喊道。

"手躲开，"欧比纳斯说——可玛戈尖声嚷道：

"不许割我的花边，把纽扣割掉！"

"不行——纽扣是我的！"雷克斯喊道。

一时间，好像两个男子同时扑到了姑娘身上。雷克斯最后用力一拽，"崩"地响了一声，他摆脱了纠缠。

"到我的书房来，"欧比纳斯沉着脸对他说。

"该跟他斗心眼了，"雷克斯想。他想起了先前曾略施小计欺哄过的一个愚蠢的情敌。

"请坐，"欧比纳斯紧皱着眉头，"我要跟你谈一桩重要的事情。就是那个怀特·雷芬画展，不知你肯不肯帮我的忙。我正在写一篇寓意深刻——嗯——措辞微妙的文章，打算刺一刺某几位参加展出的画家。"

（"哦嗬！"雷克斯想，"你板着面孔，原来是为了这件事！瞧你一本正经的模样，是在开动你那博学的头脑苦苦搜寻灵感吗？真是妙不可言。"）

"我想求你做一件事，"欧比纳斯接着说，"为我的文章作几幅漫画插图——把我们批评的东西，包括展品的色彩、线条，都加以夸张，好好挖苦一顿——就像你讽刺巴赛罗那样。"

"随时听你差遣，"雷克斯说，"不过，我也有一个小小的请求。你知道，我在等好几笔酬金，现在手头正缺现钱。你能不能预支给我一笔钱？数目不大，比如说五百马克，行吗？"

"哦，当然可以。如果你需要，我可以多预支一些。不管怎么说，你得先定个价。"

"这是目录册吗？"雷克斯问，"我看看吧。姑娘，姑娘，姑娘，"他一边翻阅展品复制图片一边鄙夷地说。"又粗又笨的姑娘，歪歪斜斜的姑娘，害橡皮病的姑娘……"

"请问，"欧比纳斯狡黠地说，"为什么姑娘们这么招你恨呢？"

雷克斯坦率地作了回答。

"哦，我想，这只是欣赏趣味的问题，"欧比纳斯很为自己的宽宏大度而得意，"当然，我并不想责怪你。这种看法在具有艺术素质的人们当中十分流行。如果一个店老板有这种观点，我就会感到厌恶。至于画家嘛，那就另当别论了。持这种观点的画家倒让人觉得挺可爱，挺浪漫——浪漫这个词正是来自罗马。不过，"他补充了一句，"我可以肯定，这样你就失去了许多乐趣。"

"谢谢，不过我不这样看。对我来说，女人只是无害的哺乳动物，有时也可以充当解闷的伴侣。"

欧比纳斯笑了。"既然你这么坦率，我也可以向你透露一件事。那位名叫卡列尼娜的女演员说，她一眼就看出你是个对女性不感兴趣的人。"

（"哦，真有意思，"雷克斯想。）

二〇

几天之后，玛戈仍有些咳嗽。她老为自己的健康担心，所以一直待在家里，没有出门。她闲得无聊，又没有读书的习惯，于是就用雷克斯提议的方式取乐——躺在一堆五颜六色的靠垫上，从电话簿中查出一些陌生人及商店、公司的号码，给他们拨电话。她让商店把童车、百合花和收音机送往她随意挑选的地址；她编了谎话骗一些阔佬上当，又告诫他们的太太往后不要那么轻信；她连续十次拨同一个号码，把特劳姆、鲍姆和卡斯比尔公司的人气得发疯。电话里有人对她山盟海誓，大献殷勤，也有人给她一顿臭骂。

欧比纳斯走过来，带着怜爱的笑容站在一旁听她打电话为一位柯克霍伏太太订购了一口棺材。她身上那件日本和服式晨衣敞开着。听电话时她那双狭长的眼睛不停地左顾右盼，一双小巧的脚幸灾乐祸地不停摆动。欧比纳斯胸中升起一股柔情。他悄悄退远一点，再也不敢向前挪步，生怕搅扰了她的兴致。

此时她正向格里姆教授诉说自己的遭遇，哀求他深夜与她会面，而接电话的教授则正在煞费苦心地盘算——这究竟是一场骗局，还是自己作为鱼类学家的声誉打动了姑娘的心？

由于玛戈在玩这场电话游戏，保罗接连给欧比纳斯打了半个钟头电话都没打通。他一遍一遍地拨电话，可每次听到的都是漠然的忙音。

最后他站起来，觉得一阵头晕，就又吃力地坐下。他有两夜没有睡着觉，身体不适，心情沉痛。但不管怎样，他必须办这件事，而且一定要办成。电话里不断传来的忙音似乎意味着命运顽固地要阻挠他实现自己的意图。可保罗不肯罢休，这个办法不行，他就另想办法。

他踮起脚尖走进育儿室。里面很暗。尽管屋里有好几个人，却悄然无声。他看到姐姐脑后插的梳子和肩上披的羊毛围巾。他下定决心，猛一转身走进门厅，费力地穿上大衣（抽搐着忍住哭泣），出发去找欧比纳斯。

"等在这儿，"他踏上那幢熟悉的房屋前的人行道时对汽车司机说。

他正在推楼房的大门，雷克斯忽然从后面赶了上来，两人同时进了大门。他们互相盯视着——周围又响起冰球队攻进瑞典队球门时观众的一片喝彩声。

"您是去找欧比纳斯先生吗？"保罗阴沉着脸问。

雷克斯微微一笑，点了点头。

"那么我告诉您，他这会儿不接待客人。我是他妻子的弟弟，要来告诉他一个非常不幸的消息。"

"是否能让我转达？"雷克斯和颜悦色地问。

保罗喘不过气来，停在第一段楼梯平台上。他低着头，像一头公牛似的盯着雷克斯。雷克斯则以惊讶的目光，探询地打量着他那张傲慢的，布满泪痕的脸。

"我劝你下次再来，"保罗喘着说，"我姐夫的小女儿快死了。"

他继续爬楼梯，雷克斯默默地跟在后边。

听到雷克斯厚着脸皮跟上来的脚步声，保罗气得热血上涌。可他又怕气喘症耽搁了正事，于是尽力克制自己。他们走到那套公寓的门前，保罗又回过头来对雷克斯说：

"我不知道你是什么人，不过我实在弄不懂你为什么非得上这儿来。"

"噢，我叫阿克谢·雷克斯，跟这家人很熟。"雷克斯笑嘻嘻地说，一边伸出又长又白的手指按电铃。

"要不要揍他？"保罗起了这么一个念头，可转念一想："揍他又管什么用？……最重要的是把事情办成。"

一个头发灰白的矮个男仆开门迎接他们进去。（那个英国爵爷被辞退了。）

"告诉你家主人，"雷克斯叹了一口气说，"这位先生打算……"

"你给我住嘴！"保罗说。他站在门厅正中，扯起嗓子连声喊道："欧比！欧比！"

欧比纳斯看到内弟那张变形的脸时，笨拙地朝前跑了两步，脚下一滑，又赶紧站了下来。

"伊尔玛病得很重，"保罗边说边用手杖敲着地板，"你最好马上来一趟。"

沉默了一阵。雷克斯蛮有兴趣地打量着他俩。客厅里忽然传来玛戈的尖嗓门：

"欧比，我有话跟你说。"

"我就来，"欧比纳斯结结巴巴地说。他赶忙回到客厅。玛戈站在那里，两臂交叉抱在胸前。

"我的小女儿病重，"欧比纳斯说，"我得赶紧去看她。"

"他们在骗你呢，"玛戈气冲冲地嚷道，"这是个圈套，想把你骗回去。"

"玛戈……看在上帝分上！"

她抓住他的手说：

"我跟你一道去好吗？"

"玛戈，别说了！你应该懂得……我的打火机呢？咦，打火机在哪儿？他等着我呢。"

"他们在哄你，我不让你走。"

"他们等着我呢。"欧比纳斯瞪着眼睛结结巴巴地说。

"你要是敢走的话……"

保罗保持着原来的姿势站在门厅，用手杖戳着地板。雷克斯掏出一个小巧的珐琅盒。客厅里传来争吵声。雷克斯递给保罗几粒咳嗽糖，保罗头也不回用臂肘一推，把糖粒推撒在地上。雷克斯笑了——他似乎又听到冰球观众的喧闹声。

"真见鬼，"保罗嘟哝着走了出去。他匆匆跑下楼，双颊不住地颤抖着。

"怎么样？"他回家后，保姆悄声问。

"他没来，"保罗回答。他用手捂住眼睛。过了一会，他清清嗓子，像往常那样踮脚走近育儿室。

这里一切如旧。伊尔玛的头仍在枕上有节奏地来回轻轻摆动，半睁着暗淡无光的眼睛。每过一阵她就打一次嗝，身子跟着颤一下。伊丽莎白用手把床单弄平整，她机械地重复这个动作，自己也不觉得。一只匙子从桌上掉下来，那轻轻的丁当一声在房中人们的耳里回响了许久。医院来的护士在诊脉。她眨眨眼睛，小心翼翼地把伊尔玛的小手放回被单下面，像是怕把她弄疼似的。

"她渴了吧？"伊丽莎白轻声问。

护士摇摇头。有人在屋里轻咳了一声。伊尔玛动了一阵。她瘦小的膝盖在被单下抬起来，又慢慢伸直了。

房门吱地响了一声。保姆走进来，对保罗耳语了一句什么。保罗点点头，她又走出门去。随后门又吱吱响了。伊丽莎白没有回头……

走进来的人在离床两步远的地方停下脚步。他只能隐约辨认出妻子的浅发和围巾，却清清楚楚看见伊尔玛的脸——小小的黑鼻孔，圆圆的额头上泛着黄色光泽。这景象使他痛苦万分。他就这样站了许久，忽然把嘴张得大大的。这时有人（他的一个远房表兄）从身后架住了他的腋下。

他发现自己坐在了保罗的书房里。靠角落的长沙发上坐着两位女士，正在轻声谈话。他想不起她们的名字了。他有个古怪念头——如果能记起那两位女士的名字，一切都会恢复正常。伊尔玛的保姆蜷缩在一张扶手椅上抽泣。一位气度不凡，天庭饱满的秃顶老先生站在窗前抽烟，每过一阵就要微微前倾，将身体的重心缓缓从脚后跟移向脚尖。桌上一只玻璃碟里盛着柑橘，显得鲜艳耀眼。

"他们怎么不早点叫我来呢？"欧比纳斯扬起眉毛喃喃说。他并没有向谁发问，只是在自言自语地嘀咕。他皱起眉头，摇摇脑袋，把手指的关节掰得发响。屋里沉默了一阵。壁炉台上的钟滴滴答答走着，兰帕特从育儿室走来了。

"怎么样？"欧比纳斯哑着嗓子问。

兰帕特转向那位威严的老先生。那人轻轻耸了耸肩，跟着医生走进病人的房间。

过了许久，窗外已经暗了下来。谁也想不起去拉窗帘。欧比纳斯取过一个橘子，慢慢地剥皮。外面正在下雪，街上传来隐隐约约的嘈杂声。中心供暖设备不时铃铃地响一阵。街上有人用口哨吹出四个音符的调子。（是《西格弗里德》中的曲子。）随后周围又静下来。欧比纳斯慢慢吃橘子，酸极了。保罗忽然走进屋来，没有看任何人，只是说了一句极简短的话。

在育儿室里，欧比纳斯看见妻子的背影。她一动不动，专注地俯身向着病床，手里像是捧着一个无形的玻璃杯。护士搂住她的肩膀，把她扶到一个光线暗淡的角落。欧比纳斯走到床前，他恍惚看见一张失去生气的小脸，短短的苍白的嘴唇下露出门牙——她落了一颗乳齿。随后，他眼前的一切都模糊了。

他转过身来，向门外走去，尽量控制自己不要撞到别人身上，不要碰倒屋里的东西。楼下的大门已经上锁。当他站在门厅时，一位围着西班牙披肩的艳妆妇人走下楼来开门，放进来一个浑身落满雪的男人。欧比纳斯看了看表，已经过了半夜十二点。他真在这里待了五个钟头吗？

他走在雪白、柔软的人行道上，脚下发出嘎吱嘎吱的响声。他仍然不能相信刚刚发生的事情。他眼前又浮现出伊尔玛的模样，清楚得令人吃惊：她正爬上保罗的膝头，或是用手朝墙上拍着一只皮球。然而出租汽车仍像先前一样嘟嘟响着喇叭，似乎什么事也没有发生过。白雪在路灯下闪烁，像是在圣诞节之夜。天空黑沉沉的，只是在远处，越过黑压压一片屋顶的尽头，朝着格达尼斯克的方向，在几家大影院的上空，漆黑的天空才化为一种温暖的棕红色。猛然间他想起了长沙发上那两个女士的名字：布兰奇和罗莎·冯·纳希特。

他终于回到家里。玛戈仰卧着，正在抽烟，显得精神抖撅。欧比纳斯隐约记得和她大吵过一场。不过现在他不在乎了。她默默地看着他在房间里来回踱步，看着他擦干被雪花弄湿的脸。玛戈现在心里美滋滋的，因为她得到了满足。雷克斯刚走一会儿，他的欲望也得到了充分的满足。

二一

　　在与玛戈同居的一年中，欧比纳斯或许头一次清楚地感
到他的生活蒙上了一层卑劣的污垢。命运女神分明在催他猛
醒，他听到她雷鸣般的召唤。他意识到眼前正是痛改前非、浪
子回头的大好时机。在悲痛中他清醒地看到，如果现在回到妻
子身边，那么，在通常情况下无法医治的感情创伤将能自然地
愈合。

　　想起那天夜里的情景，他久久不能平静。他记得保罗含着
泪，以恳求的目光看了他一眼，轻轻握了握他的手，然后转
过头去。他记得在镜子里瞥见妻子的眼睛。那双眼睛带着可
怜、绝望的神情，可她却在极力作出一个笑容。那模样真令人
心碎。

　　他深情地回忆着这一切。对——如果他去参加女儿的葬
礼，他将永远回到妻子身边。

　　他给保罗挂了电话，女佣把举行葬礼的地点和时间告诉了
他。第二天早晨玛戈还在熟睡时他就起身让仆人拿来黑礼服和
大礼帽。他匆匆喝了几口咖啡，然后走进伊尔玛先前的育儿
室——现在那里摆着一张长桌，桌面横着一道绿色的球网。他
倦怠地拿起一个赛璐珞球，让它在桌上轻轻弹跳。此时他想

起的不是女儿，而是另一个人。他似乎看到一个苗条、活泼、顽皮的姑娘，一边笑，一边跷起一只脚，伸出乒乓球拍扑到桌上。

该走了。再过几分钟，他将搀着伊丽莎白来到墓地。他把小球扔到桌上，快步走进卧室，想最后看一眼熟睡中的玛戈。他站在床边贪婪地看着那张孩子气的脸，那粉嫩的嘴唇和红润的脸庞。欧比纳斯想起他们同居的第一夜。想到将要去陪伴年老色衰的妻子，他感到不寒而栗。在他看来，这样的将来就像那又长又暗、布满尘土的通道，里面放着一个钉死的木箱，或是一辆空的童车。

他费力地将眼光从睡着的姑娘身上挪开，神经质地啃着大拇指。他走到窗前，外面开始解冻了。色彩鲜艳的汽车溅着水在泥泞里前进。街角上一个衣衫褴褛的流浪汉在卖紫罗兰花。一只爱冒险的德国牧羊犬紧跟着一只小狮子狗。狮子狗吠叫着回过头来，被主人的皮带扯着向前滑行。一大块迅速变幻的蓝天明晃晃地映在一扇窗子的玻璃上，光着臂膀的女仆正在使劲擦拭那扇窗户。

"你干嘛起得这么早？要上哪儿去？"玛戈懒洋洋地问，话没说完就打了个呵欠。

"哪儿也不去，"他答话时没有回头。

"别这么愁眉苦脸的，可怜虫，"两周以后她这样劝他，"我知道这件事很让人伤心，可他们和你的关系已经跟陌生人差不多了。你自己也感觉得到，对吧？他们当然也教过那个小女孩，让她恨你。听我的话，我理解你的心情。不过，如果我能生育，我情愿要个男孩。"

"你自己还是个孩子呢，"欧比纳斯一边说，一边抚摩她的头发。

"今天我们最应当高兴，"玛戈又说，"今天，是我事业的开端！我就要一举成名了。"

"噢，对，我都忘了。定在什么时候？真是今天吗？"

雷克斯悠闲地走了进来。这一段时间他天天和他们在一起。欧比纳斯推心置腹地跟他谈了几次，把无法对玛戈讲的话都一古脑儿讲给他听。雷克斯那么关切地倾听，他发表的意见那么中肯，他的态度是那样充满了同情，欧比纳斯感到，他们相识的时间虽短，但在心灵的神交之中，他们的友情已经发展得十分深厚了。

"人不能把自己的生活建立在不幸的流沙之上，"雷克斯对他说，"那样就亵渎了生活，是一种罪过。我曾经有一个朋友，是个雕塑家。他准确地观察形体的能力高超得几乎令人难以置信。可是，他忽然出于同情而娶了一个又丑又老的驼背女人。事情的详细经过我不清楚，只知道有一天，在他们结婚后不久，他们打点了两只小皮箱，一人拿一只，步行到离得最近的一家疯人院去了。依我看，一个艺术家应当把他的美感当作惟一的指南，这样他就永远不会误入歧途。"

在另一次谈话中，他说：

"死亡看来只不过是一种坏习惯。大自然目前还没有能力克服它。我曾经有一个好朋友——一个活泼的青年，相貌美得像安琪儿，体格壮得像美洲豹。他在开一个桃子罐头时割破了手。就是那种软绵绵、滑溜溜的大片儿，吃到嘴里吧嗒响，咽进肚里悄没声。几天之后他死于血液中毒。死得真冤，对吧？不过，如果他不死，而是一直活到老年，那么作为一件艺术品，他就不会是那么完美的了。这话听来古怪，却又的确是真理。生活这场玩笑的中心往往就是死亡。"

在这种场合雷克斯总能侃侃而谈，滔滔不绝，编造他并不存在的朋友们的故事，发表貌似精妙却并不深奥的议论以适应听话者的理解力。他的知识只不过是些东拼西凑的玩意儿，但他脑筋灵活，极善察言观色。他一心盘算着如何捉弄他的同类，在这方面具有卓越的才能，几乎达到了炉火纯青的程度。在他身上或许只有一件真实的东西，那就是他有一根深蒂固的信念，认为在艺术、科学或感情方面，任何一件事物都或多或少只是一种巧妙的骗局。不管谈论多么重要的话题，他总能发表某种机智或陈腐的观点来迎合听话者的思想或感情，不过如果听话者得罪了他，他就会变得粗暴无礼。即使在相当严肃地评论一本书或一幅画的时候，雷克斯也会因为感到自己参与了一个骗局而暗自高兴。他认为自己在充当某个别出心裁的骗子手的同谋，这骗子手正是该书或该画的作者。

他津津有味地观察欧比纳斯怎样遭受痛苦的折磨。（在他看来欧比纳斯是一个感情单纯的笨蛋，绘画知识掌握得挺踏实，但踏实得过了头。）可怜的欧比纳斯以为自己尝尽了人世辛酸，而雷克斯却认为（带着一种快乐的预感），这一出大闹剧才刚刚开场。在闹剧演出的过程中，他雷克斯将占据舞台监督的私人包厢。这出闹剧的舞台监督既非上帝，亦非魔鬼。上帝这角色太古老，太庄重，也太陈旧；而魔鬼却老是沉溺在他人的罪恶之中，是个厌恶自己，又不讨别人喜欢的角色，像阴雨天一样单调乏味……在这种乏味的阴雨天的黎明，在监狱院墙内，某个可怜的白痴正神经质地打哈欠。因为谋杀了自己的祖母，他即将被悄悄地处死。

雷克斯设想的"舞台监督"是一个善施魔法，能同时变成两三个幻影的普罗透斯[1]，是凌空呈弧线飞行的一串五彩玻璃球的投影，是魔术师映在光怪陆离的帷幕上的身影……这至少是

1　Proteus，希腊神话中能随心所欲改变自己面貌的海神，善预言。

雷克斯在偶尔思索哲理问题时得出的结论。

他是个玩世不恭的人。他惟一体验到的人的感情是对玛戈的爱。他对自己解释说，这种爱是由她的肉体所具有的特性引起的——她的皮肤散发出的香气，她嘴唇的表皮以及她的体温。然而这种解释却不大符合事实。他们相爱的根基在于两人心灵深处的共鸣，尽管玛戈是一个俗气的柏林姑娘，而他却是国际闻名的画家。

就在雷克斯来访的那天，在帮她穿大衣时他说，他租好了一个房间，他们可以在那里幽会。她狠狠瞪了他一眼，因为欧比纳斯就在离他们十来步远的地方拍打自己的衣服。雷克斯嘻嘻一笑，又说，他每天按时在那里等她。他讲这句话并没有压低嗓门。

"我约玛戈幽会，可她不肯去。"下楼的时候，他笑嘻嘻地告诉欧比纳斯。

"可以让她尝试一下，"欧比纳斯笑着说。他亲热地在她的脸蛋上拧了一下。"现在咱们去瞧瞧你的戏演得怎么样，"他又说，一边戴上手套。

"明天五点钟，玛戈，行吗？"雷克斯说。

"明天姑娘要去给自己挑一辆车，"欧比纳斯说，"所以她不能上你那儿去。"

"一上午的时间够她挑的了。五点钟能来吗，玛戈？要不就定在六点？"

玛戈忽然发火了。"你的玩笑无聊透了，"她咬牙切齿地说。

两个男人大笑起来，互相使了使眼色。

他们出门的时候，正在楼外跟邮差谈话的那个看门人好奇地打量着他们。

"真叫人难以相信，"看门人等他们走到听不见的距离时说，"那位先生的小女儿才死了两个星期。"

"另一位先生是谁？"邮差问。

"我也不知道。大概是另一个情人吧。老实说，让住户们眼睁睁看到这种丑事，连我都觉得不光彩。不过他是个有钱又大方的好先生。我总觉得，他要是非得找个情妇不可，也该找个块头大一点，长得富态点的。"

"情人眼里出西施嘛。"邮差体谅地说。

二三

　　在一二十个演员和宾客将要观看那部影片的小放映厅里，玛戈激动得浑身发颤。她看到那位制片商就在离她不远的地方。玛戈曾在他的办公室里受过奚落。那人走到欧比纳斯跟前，欧比纳斯把他介绍给玛戈。他眼皮上肿起一个黄色的大疙瘩。

　　他竟然没有认出玛戈，这使她很扫兴。

　　"两年前我们谈过一次话，"她调皮地说。

　　"是的，"他礼貌地笑笑，"我记得很清楚。"（他根本不记得。）

　　电灯一灭，坐在玛戈与欧比纳斯之间的雷克斯就摸到玛戈的手，握在了自己手里。他们前面坐着多丽安娜·卡列尼娜，身穿豪华的皮大衣，尽管屋里挺热。她坐在这部影片的制片人和那位眼皮长疱的制片商之间。她极力讨好制片商。

　　先映出的是片名，银幕上踌躇地颤了一下，出现了演员表。放映机发出单调、轻微的响声，像是在远处开动着一台吸尘器。没有音乐。

　　玛戈几乎立刻就出现在银幕上。她正在读一本书。她把书啪地扔到地下，跌跌撞撞地扑到窗前。她的情人正骑着马从窗下走过。

玛戈惊讶得目瞪口呆，她从雷克斯手中挣脱了自己的手。那个怪模怪样的家伙是谁？又别扭，又难看，生着肿胀变形的黑嘴唇，眉毛的位置也不对劲，衣服不知怎么搞得那么皱巴巴的。银幕上的姑娘傻愣愣地朝前方瞪着眼，忽地把身躯弯成两截，肚子压在窗台上，臀部正对着观众。玛戈使劲推开雷克斯摸索过来的手。她真想咬人，真想猛地扑到地板上打滚。

银幕上那个怪物一点也不像她——那家伙真丑！那姑娘倒像她母亲———一个看门人的妻子——在结婚照上的模样。

"后边也许会好一点，"她伤心地想。

欧比纳斯朝她俯过身子——简直像是在拥抱雷克斯——温柔地耳语说：

"亲爱的，真不错，我简直没想到……"

他真的挺高兴。不知怎么，他想起他们初次见面的那个小小的"百眼巨人"电影院。尤其使他感动的是，玛戈的演技虽然糟糕，但她演得那么卖力，那么认真，像一个天真的孩子，像一个女学生背诵庆祝生日的诗歌。

雷克斯也很高兴。他本来就认为玛戈演电影肯定会失败。他知道，她会为自己的失败而报复欧比纳斯。这样一来，明天她一定会来赴约会。五点整。一切都让人称心如意。他又把手伸了过去，这回她狠狠掐了他一把。

过了一小会，玛戈又出现了：她从一些房屋的门前鬼鬼祟

143

崇地溜过，用手轻轻拍着墙，还不住地回头看。（真奇怪，过路人看到她这副模样竟毫不吃惊。）她悄悄走进一家酒吧，一个好心人告诉她，她的情人正和一个荡妇（多丽安娜·卡列尼娜饰）鬼混。她朝画面里边走去，她的背影显得肥胖而臃肿。

"再看一会我就要放声大吼了，"玛戈想。

幸运的是，银幕上及时出现了淡入的镜头：酒吧间摆着一张小桌，一只酒瓶浸在冰水桶里，男主角敬给多丽安娜一支烟，然后给她点着。（每位制片人都认为这种点烟动作是男女结成新欢的象征。）多丽安娜把头一仰，喷出一口烟，牵起半边嘴角嫣然一笑。

放映厅里有人开始鼓掌，大家跟着鼓起掌来。随后玛戈出现了，（有人发出嘘声，）掌声静止下来。玛戈大张着嘴——她平常从没有这样张过嘴——她垂着头，有气无力地晃着胳臂走出酒吧，又来到大街上。

多丽安娜——坐在他们前排的真多丽安娜——回过头来，在半明半暗的放映厅里，她眼里含着笑亲切地说："好极了，小姑娘。"她的嗓音有点沙哑，玛戈恨不得伸手抓破她的脸皮。

现在她提心吊胆，生怕银幕上再出现自己的模样。她感到浑身乏力，快要晕过去了，再也没有气力用推或掐的办法抵御雷克斯顽强地攻过来的那只手了。雷克斯感到她嘴里的热气冲到自己耳朵上——她在低声恳求："请你别这样，不然我要换座位了。"他拍了拍她的膝头，把手缩了回去。

失恋的情人又出现了。她的一举一动都使玛戈感到难堪。她觉得自己像是下到地狱里的灵魂，魔鬼们分明在历数她在尘世所犯的罪孽。瞧，她的动作那么死板、笨拙、僵硬……那副自鸣得意的面孔使她想起母亲在有权势的房客面前冒充文雅的模样。

"这个镜头最成功，"欧比纳斯又俯过身去对她耳语道。

雷克斯开始厌倦了——坐在黑屋子里看一部蹩脚电影，旁边还有这么个大个子老是趴到自己身上。他闭上眼睛，眼前出现了这段时间他给欧比纳斯画的那些小幅彩色漫画。他盘算着一桩令人神往却又不难办到的事情——尽量从欧比纳斯那儿多捞点钞票。

故事快结束了。男主角被荡妇抛弃之后，冒着摄影棚里那种大雨跑到一家药店给自己买毒药，可一想起家中老母，他便改变了主意，回到故乡的农场去了。他原先的情人正在农场的鸡群和猪群中带着他们私生的婴儿玩耍。（从他透过篱笆朝她们凝视的神情看来，用不了多久，那婴孩将会有合法身份了。）这是玛戈拍得最好的一个镜头，可是，当孩子扑过去偎到她怀里的时候，她却赶紧用手背朝下蹭自己的衣服（完全是不由自主的），好像要把手擦干净似的——那孩子惊异地瞪眼看着她。放映厅里传出一阵笑声。玛戈再也忍受不住，轻轻哭泣起来。

电灯一亮她就起身快步朝门口走去。

欧比纳斯满脸疑虑地跑去追她。

雷克斯站起来伸了个懒腰。多丽安娜碰了碰他的胳膊。她身旁站着那位眼皮长疱的男子，正在打哈欠。

"演砸了，"多丽安娜使了个眼色，"可怜的小妞儿。"

"你对自己扮演的角色满意吗？"雷克斯好奇地问。

多丽安娜笑了。"告诉你一个秘密——好演员从来没有满意的时候。"

"观众有时候也是这样，"雷克斯淡淡地说，"呃，请问，亲爱的，你怎么会取了这样一个艺名呢？我真是百思不得其解。"

"哦，这说来话长了，"她若有所思地说，"哪天你到我家来喝茶，也许我会给你细说原委。给我取艺名的小伙子后来自杀了。"

"噢——难怪。不过我想问的是……你读过托尔斯泰的书吗？"

"兔儿时代？"多丽安娜·卡列尼娜[1]说，"没有，好像没读过。你问这个干吗？"

1　在这儿作者故意要让读者产生联想。

二四

　　家里闹翻了天。她又哭又闹，歇斯底里地在沙发上、床上、地板上打滚。她眼里冒着怒火，一只袜子从脚上滑落下来。天也要被她哭塌了。

　　欧比纳斯在一旁极力劝慰，他不知不觉恰好使用了安慰伊尔玛时所说的那些话。有次伊尔玛受了点小伤，他一边亲她，一边哄她。现在伊尔玛已经离开人世，这些话听起来显得空洞乏味了。

　　起初玛戈把满腔怒火都撒到他头上；然后她用粗话大骂多丽安娜，又骂制片人。她还捎带着把那个眼皮长疱的老头格罗斯曼也数落了一通，尽管那老头和这件事毫不相干。

　　"好吧，"欧比纳斯最后说，"我尽一切力量按你的意思去办。不过我真的不认为这部影片失败了。正相反，有些地方你演得相当不错——比如第一个镜头，当你……"

　　"住嘴！"玛戈大喝一声，朝他掷来一个橘子。

　　"你听我说呀，宝贝。只要让我的宝贝高兴，让我干什么都成。咱们拿条干净手绢，把眼泪揩干吧。听我说说我的打算。这部影片归我所有。我为这部破玩意儿出了钱——我的意思是说，施瓦茨把它拍成了破玩意儿——我要禁止这部影片在任何地方上映。我自己把它当作纪念品收藏起来。"

"不行，把它烧掉，"玛戈抽泣着说。

"好好，把它烧掉。我可以担保，多丽安娜心里该不是滋味了。这样你该满意了吧？"

她还在啜泣，可已经哭得缓和一点了。

"好啦，乖，别哭了。明天你就要去给自己挑一件东西。挑什么东西呢？一件大大的，有四个轮子的东西。你忘了吗？那该多有意思啊！然后你把它弄来让我瞧瞧，说不定，（他故意拖长腔说出这三个字的时候笑着扬了扬眉毛，）我会把它买下来。我们把它开到老远老远的地方去，你将能观赏到南方的春色……怎么样，玛戈？"

"你没说到点子上，"她绷着脸说。

"说到点子上，那就是你应该快活起来。你一定会快活的。手绢呢？我们秋天返回来，你再到表演训练班学习一段时间。我给你重找一个真正的好导演——比如说，格罗斯曼。"

"不，不要他，"玛戈浑身颤了一下说。

"好的，那就另找一个。乖孩子，把眼泪擦干，咱们一道出去吃晚饭。听话，我的小妞。"

"我永远也不会快活，除非你离婚，"她深叹了一口气说，"不过既然看到了我在那部讨厌的电影里出丑，你大概要把我甩掉了。唉，他们把我拍成那副模样，任何一个人处在你的位置都会当场扇他们耳光！不，你别亲我。告诉我，你开始为离婚作准备了吗？是不是根本就不打算离啦？"

"呃，不……你看，是这么回事，"欧比纳斯结结巴巴地说，"你……我们……唉，玛戈，我们刚刚……特别是她……简单说吧，丧事刚刚办完，我哪好提离婚的事呢？"

"你说什么？"玛戈从地上爬起来，"难道她现在还不知道你打算和她离婚？"

"不，我不是这个意思，"欧比纳斯极力辩解，"她当然，感觉到了……也就是说，她已经知道……不，应该说……"

玛戈慢慢直起腰来，像一条蛇在舒展盘蜷的蛇身。

"说实话，她不愿意和我离婚，"欧比纳斯终于这样说。他一辈子头一次在说到伊丽莎白时撒了谎。

"真的吗？"玛戈朝他走过来。

"她要打我了，"欧比纳斯厌烦地想。

玛戈一直走到他跟前，慢慢用臂膀搂住他的脖子。

"我再也不愿意只当你的情妇了，"她把脸贴到他的领带上，"真的。你想想办法吧。为了我，明天你就去办。不是有律师吗？交给他们办好啦。"

"我向你担保，到了秋天一定去办，"他说。

她轻轻叹息一声，走到镜子前边懒懒地端详自己的身姿。

"离婚？"欧比纳斯想，"不，那可办不到。"

二五

雷克斯把他租来与玛戈会面的房间布置成一间画室。玛戈每次来访都看到他在工作。他总是边画边吹着悦耳的口哨。

玛戈端详着他那白皙的面颊，绯红丰厚的嘴唇。他吹口哨的时候，嘴唇噘成一个小圆圈。她感到这男子是她在世界上最爱的人。他穿着一件敞领绸衬衫和一条法兰绒裤，正在用颜料创造奇迹。

差不多每天下午他们都这样会面。尽管已经开了春，玛戈的车也买好了，她却一再推迟出游的时间。

"我提一个建议好吗？"一天雷克斯对欧比纳斯说，"你们出去旅行干吗要雇司机呢？你知道，我驾车的技术就蛮不错。"

"谢谢你，"欧比纳斯犹豫不决地说，"不过……嗯……我怕耽搁了你的工作。我们打算到很远的地方去呢。"

"噢，别为我担心。不管怎么着，我也打算休息一段时间。阳光这么明媚，出去看看古老奇异的风土人情……打打高尔夫球……到处走一走……"

"那样的话，我们当然非常欢迎，"欧比纳斯说。他担心的是不知道玛戈是否同意。可玛戈只是稍许踌躇了一下就接受了这个建议。

"好吧，把他带上，"她说，"我倒挺喜欢他。不过他老跟我唠叨他的那些风流韵事，还老是唉声叹气，好像把那些事看得挺认真。我有点烦他。"

再过一天就要出发了。从商店回家的路上，玛戈去看雷克斯。屋里放着一盒颜料，一些铅笔。阳光斜射进来，尘土在光柱中飞扬——这一切使她想起当裸体模特儿的时候。

"多待一会儿吧，"她抹口红的时候，雷克斯懒懒地说，"今天是最后一次了。到了路上我们该怎么办呢？"

"咱们俩不是都挺机灵吗，"她在喉咙里笑了一声。

她跑到街上叫出租汽车。可是，在阳光明媚的大街上竟看不到一辆车。她走到一个广场——每当离开雷克斯回家，路过这广场的时候，她就会想："要不要向右拐，穿过花园，再向右拐？"

她儿时居住的街道就在那边。

（过去的一切都完好地保存着，去看上一眼有什么不好？）

那条街没有变。面包房还在那个拐角。肉铺的招牌上有一个金色牛头，肉铺门口系着一条挺凶的狗——狗的主人是住在十五号的那位少校的寡妻。不过那个文具店变成了一家理发店。报亭卖报的还是那位老太太。那边是奥托经常光顾的啤酒店，再往前走就是她出生的那所房子。从周围搭的脚手架可以看出，那房子正在修缮。她不想再往前走了。

往回走的时候，她听见一个熟悉的声音在喊她。

是卡斯巴，他哥哥的朋友。他正推着一辆紫色自行车，车把前方挂着一只篮子。

"玛戈，你好。"他有些腼腆地朝她笑笑，沿着人行道和她并肩而行。

上次见面他相当粗暴无礼。不过那次他们有一伙人，几乎等于一个小黑帮。现在他独自一人，只不过是一个老相识罢了。

"玛戈，你过得好吗？"

"好极了，"她笑着说，"你呢？"

"唉，瞎混呗。你知道你们家搬走了吗？搬到北城去了，你哪天该去看看他们，玛戈。你爸爸撑不了多久啦。"

"我的好哥哥呢？"她问。

"哦，他走了。大概在比勒费尔德干活吧。"

"你也知道在家的时候他们待我怎么样，"她皱起眉头瞧着自己的脚尖，在马路边缘上走着，"后来他们还为我操心吗？他们关心我的下落吗？"

卡斯巴咳嗽了一声，说：

"他们毕竟是你的亲人，玛戈。你妈妈被这儿解雇了。她不喜欢那个新居。"

"这儿的人们是怎么议论我的？"她抬起头来望着他。

"呃，说什么的都有。谁都爱在背后说人坏话，没什么了不起的。我总是说，一个姑娘有权决定自己怎么生活。你和你的朋友相处得好吗？"

"哦，还算不错。他快要跟我结婚了。"

"太好了，"卡斯巴说，"我真替你高兴。可惜的是不能像先前那样跟你一道玩了，真遗憾。"

"你交女朋友了吗？"她笑着问。

"没有。眼下没有。生活有时挺不顺当，玛戈。我在一家糖果店干活，我希望将来自己能开一个糖果店。"

"是啊，生活有时候够不顺当的。"玛戈神情忧郁地说。过了一会，她叫来一辆出租汽车。

"也许哪天我们还能……"卡斯巴说。可转念一想，不行——再也不可能一起到那个湖里游泳了。

"她把自己给毁了，"看着她坐进汽车时，他想，"她应该嫁给一个善良、单纯的人。不过我不打算娶她。谁知道我将来命运怎么样呢……"

他跳上自行车紧跟着那辆汽车一直追到下一个街口。当他以优美的姿势拐进一条小街时，玛戈朝他挥了挥手。

二六

　　汽车驶过两旁长着苹果树的公路，随后是两旁长着李子树的公路。前轮亲吻着这没有尽头的道路。天气晴朗。到了夜间，汽车的散热铜片之间塞满了死蜜蜂、蜻蜓和蚂蚱。雷克斯的驾车技术相当娴熟。他懒懒地枕靠在放得很低的座椅上，以梦幻般轻柔的动作把握着方向盘。后车窗上挂着一只绒猴，正直愣愣地盯着离得越来越远的北方。

　　到了法国，公路旁长的是杨树。旅店的女招待听不懂玛戈的话，玛戈大发雷霆。人们建议他们在里维埃拉[1]海滨度过春天，然后再去游览意大利的湖泊。到达海滨之前，他们停车休息的最后一站是鲁吉那。

　　他们在日落时分到达那里。黑沉沉的山峰上方，淡青色的天空中飘散着几缕橘红色云朵。矮墩墩的咖啡店里闪着灯光，大道旁的梧桐树已经隐没在暮色之中。

　　玛戈又疲倦，又气恼。每到傍晚她就是这副模样。自从他们起程之后——也就是说，已经有将近三周的时间，玛戈一直未能与雷克斯单独相处。（他们不慌不忙地旅行，在许多风景

1　Riviera，法国东南部靠地中海的休养胜地。

如画的偏僻小镇落脚。每个小镇都有一个古老的广场，广场上都有一个古老的教堂。）汽车驶入鲁吉那镇，那青紫色山峦的秀丽轮廓使欧比纳斯不胜欣喜，玛戈却恨恨地嘟哝道："哼，快走吧，快走吧。"她快要忍不住眼泪了。车开到一座大旅店前边，欧比纳斯进去租房间。

"再这样下去我要发疯了，"玛戈对雷克斯说，眼睛并没有看他。

"给他下点安眠药，"雷克斯出主意，"我到药店去买。"

"我试过了，"玛戈说，"不管用。"

欧比纳斯失望地回来了。

"白跑一趟，"他说，"真不走运。对不起，亲爱的。"

他们一连去了三家旅馆，全都客满。玛戈断然拒绝开到下一个城镇去住宿。她说，一看见弯来拐去的公路她就作呕。玛戈动不动就火冒三丈，欧比纳斯吓得不敢正眼看她。最后到了第五家旅店，店主让他们乘电梯去看惟一没租出去的两间房。一个橄榄色皮肤的男仆给他们开电梯，他英俊的侧影正对着他们。

"瞧他的长睫毛，"雷克斯用胳膊碰碰欧比纳斯。

"少胡说八道，"玛戈忽然骂道。

摆着双人床的那间房挺不错，可玛戈却一边在房间里走来走去，一边不停地发着脾气说："我不住这儿，我不住这儿。"

"不过，这地方住一晚上总还可以吧？"欧比纳斯恳求地说。

侍者打开室内通往浴间的一扇门，穿过浴间打开第二扇门，里边是另一间卧室。

雷克斯和玛戈忽然互相交换了一下眼色。

"雷克斯，你愿意和我们共用一个浴间吗？"欧比纳斯说，"玛戈爱把水溅得满地都是，洗的时间也很长。"

"没关系，"雷克斯笑着说。"我可以将就。"

"你们再也匀不出一个单间了吗？"欧比纳斯转身问侍者，可这回玛戈赶紧过来干预了。

"别啰唆了，"她说，"就住这儿吧。我可不愿意再跑来跑去啦。"

行李搬进来时她走到窗前。暗红色的天空有一颗明亮的星星，黑森森的树梢一动不动，蟋蟀在嚯嚯鸣叫……可她却似乎什么也没看见，什么也没听见。

欧比纳斯从行李中取出盥洗用具。

"我先洗个澡，"她匆匆地脱衣服。

"去吧，"他高兴地说，"我得刮刮胡子。不过别洗得太久，咱们还要弄点饭来吃。"

他从镜子里看见玛戈的套头罩衫、裙子、贴身内衣接二连三飞到空中，然后是一只长袜，又一只长袜。

"小妖精，"他一边往脸上抹肥皂，一边自言自语地说。

他听见她关门，插上门栓，哗哗地放水。

"你不用锁门。我不会进去拖你出来的。"他用一根手指绷着脸皮，一边笑着大声说。

锁着门的浴间里水龙头一直在哗哗响着。欧比纳斯用沉重的剃刀架夹着的吉列牌刀片小心翼翼地刮脸。他寻思着晚饭是否能吃到美国龙虾。

水管还在放水——响声越来越大。他的剃刀已经拐过下巴，朝喉结刮去。那里总有几根难剃的硬毛。忽然，他震惊地发现，浴间门下流出了一摊水，水龙头发出越来越欢快的声音。

"她该不会淹死吧，"他嘟哝着，一边跑过去敲门。

"宝贝，你怎么啦？水流到房间里来了！"

没有回答。

"玛戈，玛戈！"他使劲摇晃门把手。（他没有意识到，房门在他和她的生活中充当着古怪的角色。）

玛戈溜回浴间，里边雾气弥漫，浴缸里放满了热水。她迅速地关上龙头。

"我在澡盆里睡着了，"她对门外喊道。

"你真荒唐，"欧比纳斯说，"吓了我一大跳！"

把浅灰色地毯沁出一块深色痕迹的水流渐渐止住。欧比纳斯回到镜子跟前，重新往喉头抹肥皂。

几分钟后玛戈容光焕发地走出浴间，开始往身上扑爽身粉。欧比纳斯进去洗澡，里边雾气腾腾。他敲了敲通往雷克斯卧室的门。

"我不会让你久等的，"他喊道，"洗澡间马上就可以空出来啦！"

"噢，不急，不急！"雷克斯乐呵呵地回答。

吃晚饭时玛戈兴致很高。他们坐在露台上，一只白蛾绕灯飞了一阵，落在桌布上。

"咱们要在这儿住很久很久，"玛戈说，"我太喜欢这家旅馆了。"

二七

过了一个星期，又过了一个星期。天气一直很好，鲜花盛
开，外国游客来来往往。驱车一小时就可到达一处美丽的海滨
沙滩，深蓝的大海衬托着暗红的礁岩，松林覆盖的山峦环绕着
他们住宿的旅店。这是一座俗不可耐的摩尔式楼房，在同类建
筑中已经算是很讲究了。如果不是兴致好，看见这样的房屋欧
比纳斯会感到恶心。玛戈挺快活，雷克斯也很满意。

很多人向她献殷勤：一位里昂来的丝绸商；一位采集甲虫
标本的英国人；几个和她打网球的青年。然而不管谁盯着她
瞧，或是跟她跳舞，欧比纳斯都不吃醋。回想在索菲时的情
景，他自己也感到吃惊，当时他怎么那样容易嫉妒，而现在却
对她完全放心了呢？他没有注意到一件小事——她不必再去赢
得别人的欢心；她只需要一个人——雷克斯，而雷克斯和欧比
纳斯形影不离。

一天，他们三人到山里去远足，迷了路，最后顺一条崎岖
的碎石小路下山，又走错了方向。玛戈不惯走远路，脚上打了
泡，两个男人轮流背她走。他们俩又都不是强健的壮汉，背上
这样沉重的包袱，一路跌跌撞撞，几乎是滚下山来的。下午两
点左右他们来到一座沐浴在阳光中的小村落，鹅卵石铺成的广

场上停着一辆正要开往鲁吉那镇的公共汽车。几个人在广场上玩滚木球。玛戈和雷克斯上了车。欧比纳斯正往车上爬,忽地看见司机还没就座,正在帮一位年老的农民把两只大柳条箱搬上车。这得费一点时间,欧比纳斯敲敲玛戈座位旁边半开的玻璃窗说,他要跑去弄一杯喝的。他跑进广场边一家酒店,取啤酒时撞到一个小个子男人身上。那人穿一身白法兰绒衣裤,正在匆忙地付钱。他们互相打量了一眼。

"是你,乌多?"欧比纳斯叫道,"没想到在这儿会碰到你。"

"真没想到,"乌多·康拉德说,"你的头又秃了一点,老兄。你一家人都来了吗?"

"呃,没有……你瞧,我住在鲁吉那的旅店里……"

"好极了,"康拉德说,"我也住在鲁吉那。天哪,车开了,快!"

"我就来,"欧比纳斯说着大口喝光啤酒。

康拉德小步跑去登上公共汽车。喇叭嘟嘟响了几下。欧比纳斯笨手笨脚地在口袋里摸索法国钱币。

"嗳,不用着急,"卖酒人说。他是个神色忧郁,留两撇胡须的男子。"汽车要在村里绕一圈,在广场边上停一停,然后才出发呢。"

"噢,那好,"欧比纳斯说,"那我就再喝一杯吧。"

从被阳光照亮的酒店大门望出去,他看见那辆长长的矮矮的黄色公共汽车穿过梧桐树阴逐渐远去。汽车混入那一片斑斑点点的阴影，与它融为了一体。

"有意思，碰到乌多了，"欧比纳斯想，"他蓄了一撮黄胡子，好像要补偿我脱落的头发。上次会面在什么时候？六年以前。见到他我很高兴吗？一点也不。还以为他住在圣雷莫呢。他是个古怪、虚弱、胆怯又不大爽朗的人，一个独身主义者，爱患花粉热，讨厌猫，最怕听钟表的滴答声。乌多是个好作家，一个相当不错的作家。有意思，他完全不知道我的生活发生了变化，而我会来到这个炎热、偏僻的小村。这地方先前没来过，以后恐怕也不会再来了。伊丽莎白在做什么呢？她一定穿着一身黑衣服在那儿闲坐着。最好别去想她。"

"汽车在村里兜一圈得花多长时间？"他用不熟练的法语慢慢地说。

"两三分钟，"神情忧郁的卖酒人说。

"他们怎么玩那些木球？是木头做的吗？也许是一种金属球吧？先托在手掌上，然后向前一抛……球在地下滚一阵，然后停下来。假若他在路上和姑娘攀谈起来，姑娘也许会在我未及开口之前把一切都讲给他听，那就太尴尬了。她会这样做吗？不过他们俩不大可能交谈。可怜的姑娘，她心里不痛快，准是一言不发地坐在车里。"

"这村子好像挺大，汽车兜一圈得这么久，"他说。

"汽车不在村里兜圈，"坐在后边桌旁的一个握着泥烟斗的老人说。

"要兜圈，"忧郁的卖酒人说。

"从上个星期天起，"老人说，"汽车直接开出村去。"

"哦，"卖酒人说，"那就不是我的过错了。"

"那我怎么办呢？"欧比纳斯焦急地说。

"坐下一班车，"老人明智地说。

欧比纳斯总算回了家。他看见玛戈坐在露台的一张躺椅上吃樱桃，雷克斯穿着游泳裤坐在白栏杆上，他那毛茸茸的褐色脊背朝着太阳。一幅十分宁静、舒适的景象。

"我误了那辆该死的汽车，"欧比纳斯说。

"我知道你会误车的，"玛戈说。

"告诉我，你看到一个穿白衣服留金黄胡须的小个子男人了吗？"

"我看见了，"雷克斯说。

"就坐在我们背后。他怎么啦？"

"没什么——不过是我先前的一个熟人。"

二八

　　第二天早晨欧比纳斯到旅行社和一家德国客栈仔细询问了一番，却没有查出乌多·康拉德的住址。

　　"反正我们也没多少话可说，"他想，"如果再在这里待一段时间，也许会碰到他。碰不到也没什么可遗憾的。"

　　几天后的一个早晨，他比平常起得早。他掀开百叶窗，微笑着眺望蔚蓝的天空和嫩绿的山坡。山坡上阳光充沛，可又雾气朦胧，像是薄纸遮盖下的一张色彩鲜艳的插画。他极想登山，在山上尽情游荡，呼吸那散发着麝香草气息的空气。

　　玛戈醒了。"还早着呐，"她困倦地说。

　　他让她赶快穿上衣服，然后和他一道出去玩一整天——就他和她。

　　"你自己去吧，"她嘟哝一句，翻了个身。

　　"唉，你这个懒骨头，"欧比纳斯失望地说。

　　八点钟左右，朝阳斜射过来，街道一半沐浴在阳光中，一半躲藏在阴影中。他迅速地穿过狭窄的街道，然后开始登山。

　　他走过一幢漆成粉红色的小别墅，听见剪刀的咔嚓声。他看见乌多·康拉德在山岩上一个小花园里修剪着什么。噢，对了，乌多平常就爱好园艺。

"总算逮住你了。"欧比纳斯高兴地说。乌多回过头来，却没有笑。

"噢，"他冷冷地说，"我可没期望再见到你。"

孤独的生活使他变得像老处女一样敏感。当他觉得感情受到伤害时，反而会有一种古怪的快感。

"别多心，乌多，"欧比纳斯说，一边轻轻拂开路旁羽毛状的含羞草叶，向前走去。"你知道，我不是故意误掉那班车的。我以为汽车要在村里兜一圈，然后再开回来。"

康拉德的脸色缓和了一点。

"没有关系，"他说，"这也是人之常情。人们碰到一个多年前的老相识，突然会感到惊恐，极力想避开这个人。我以为你准是不愿意在公共汽车那样的活动牢房里跟我谈论往事。你果真逃掉了。"

欧比纳斯笑了："其实这几天我一直在打听你。谁也不知道你住在哪儿。"

"是的，这栋小屋我才租了几天。你住在哪儿？"

"嗯，我住在不列颠旅店，真的，见到你真高兴。乌多，跟我好好谈谈你这些年的经历吧。"

"咱们一道走走好吗？"康拉德犹豫不决地问，"那好，我去换双鞋。"

等他换好鞋回来，他们就顺着一条阴凉的小路上山。这条蜿蜒的山路夹在爬满藤蔓的两堵石墙之间，路面的沥青还没被朝阳烤热。

"家里人都好吗？"康拉德问。

欧比纳斯踌躇了一下，说：

"别提了，乌多。最近我家出了几件不幸的事情。去年我们分开过了——我和伊丽莎白。后来我的小伊尔玛得肺炎死了。如果你不在意，我们最好谈点别的。"

"真不幸，"康拉德说。

两人都沉默了。欧比纳斯想，和这位老朋友谈谈自己的这桩风流韵事一定会很有意思，因为在乌多眼里他是个腼腆的老实人。但欧比纳斯还是决定把这个话题留到以后再谈。康拉德则感到这次出来散步是个错误的举动——他喜欢跟无忧无虑、快快活活的人做伴。

"我不知道你在法国，"欧比纳斯说，"我以为你通常住在墨索里尼的国家。"

"墨索里尼是什么人？"康拉德困惑地皱起眉头问道。

"啊——你还是老样子，"欧比纳斯笑了，"别害怕，我不打算谈政治。跟我谈谈你的工作吧。你最近的一部小说写得真精彩。"

"我觉得，"乌多说，"在我们的祖国，人们目前还欣赏不了我的作品。我挺想用法语写作，可又舍不得抛弃在运用本国语言时积累起来的经验和财富。"

"别这么说，乌多，"欧比纳斯说，"好多人都爱读你的书。"

"可不像我爱它们那样深，"康拉德说，"还要等很长一段时间，也许要等整整一个世纪，人们才能真正读懂我的作品——如果到那个时候写作和阅读还没有被人们遗忘的话。我看这半个世纪以来，德国人已经既不会写，也不会读了。"

"此话怎讲？"欧比纳斯问。

"如果一种文学主要得靠描写人的故事来维持自己的生命，那就意味着这种文学已经处于垂死的状态。对于弗洛伊德式的小说或是描写田园风光的小说，我也不感兴趣。你也许会说，文学的优劣并不取决于公众的好恶，而取决于两三个真正优秀的作家，他们孤芳自赏，受到刻板而傲慢的同代人冷落。不管怎么说，这种局面有时候很令人难堪。看到人们一本正经地对待那些书籍，我简直受不了。"

"不，"欧比纳斯说，"我可不能同意你的看法。如果我们的时代关注的是社会问题，那么有才能的作家就没有理由袖手旁观。世界大战及战后的社会动乱……"

"别说了，"康拉德轻声制止说。

他们又沉默了。弯曲的山路把他们带到了一片松林前。知了的鸣叫很像是不断地拧紧又松开一个玩具的发条时发出的响声。一道小溪流过平滑的岩石，在水流形成波纹的地方，水下的石头也抖动起来。他们在散发着香气的干燥的草皮上坐下来。

"老住在国外，你没有离乡背井，孤单无靠的感觉吗？"欧比纳斯抬头凝望着如蓝色海水中的水草一样摆动着的松树梢，"你不想听到德国人说话的声音吗？"

"噢，我也偶尔能碰到我们的同胞，有时候我觉得很有意思。比如说，我发现德国游客总以为谁也听不懂他们的语言。"

"我可不愿意老住在国外，"欧比纳斯说。他仰躺在草地上，透过林间的空隙，陶醉地观赏着蓝色的海湾、环礁湖和小河湾。

"碰到你的那一天，"康拉德也躺了下来，头枕在胳膊上，"我在汽车里看到了你的两个朋友，很有意思。你认识那两个人，是吗？"

"认识，不算很熟，"欧比纳斯微微一笑说。

"我也这么想，所以你误车之后他们可乐了一阵呢。"

（"真是个调皮姑娘，"欧比纳斯疼爱地想，"把我和她的事情都讲给他听吗？不。"）

"我听他俩谈话，听得津津有味。可我没有因此而怀念故乡。真奇怪，我越是思念祖国，越是感到艺术家到了一定的时候也许再也不需要祖国了。就像那些起初生活在水里，后来移居到陆地上的生物。"

"我会从心底里渴望回到凉爽的水中，"欧比纳斯也认真地幻想起来，"对了，我发现鲍姆的新作《塔普洛巴那的发现》开头一段写得相当不错，说的是很久以前一个中国旅行者穿过戈壁滩去印度。一天，在锡兰境内一座山上的庙宇中，他站在一尊巨大的玉佛前面观看一个商人奉献出一柄中国的绸扇，于是……"

"于是，"康拉德插言道，"'思乡之情油然而生'。肯定是这一套，虽然我从没有读过，今后也不会去读那个乏味的蠢货最近写的那本书。反正我在这儿见到的那些商人不大善于启发别人的思乡之情。"

他们又沉默起来。两人都感到腻烦了，他们朝着松林和天空凝望了一阵。

康拉德坐起来，说：

"呃，老兄，真对不起，咱们现在往回走行吗？中午之前我还得写点东西。"

"好的，"欧比纳斯也坐了起来，"我也该回去了。"

他们默默不语地下山，走到康拉德门前，两人挺亲热地握手道别。

"好了，总算过去了，"欧比纳斯想，感到松了一口气，"从今以后决不再来拜访他！"

二九

回家的路上，他进一家纸烟铺买烟，用手背撩开丁当作响的串珠门帘时，撞到了一个人身上。这人是个退役的法国上校，最近两三天一直在他们的邻桌就餐。欧比纳斯退到狭窄的人行道上。

"对不起，"上校说，（这人挺和善。）"早晨天气不错，是吧？"

"真不错，"欧比纳斯说。

"那一对情人哪儿去了？"上校问。

"你说的是谁？"欧比纳斯问。

"哦，大家总是这么称呼那些躲到角落里搂搂抱抱的人（qui se pelotent dans tous les coins[1]），对吧？"上校说。

他那充血的瓷蓝色眼睛里带着法国人称之为 goguenard[2] 的神情。

"我只希望，"他又说，"他们别跑到园子里我的窗户底下去拥抱。连老头我都要吃醋啦。"

"你这话是什么意思？"欧比纳斯又问。

---

1 法文，那些躲到角落里搂搂抱抱的人。
2 法文，讥讽。

"我可没法用德语把这些话再重复一遍，"上校笑着说，"再见，亲爱的先生。"

他走了。欧比纳斯走进香烟店。

"简直是胡说！"他直愣愣地看着柜台后边坐着的女售货员。

"怎么啦，先生？"她问。

"完全是胡说。"走到街道拐角时他又说。他拧着眉毛站在人来人往的街道上。他隐隐感到世界忽然发生了变化，他必须把一切都仔细回想一遍，才能弄懂究竟发生了什么事情。这种感觉不是痛苦，也不是震惊，而像是一个庞大的黑色阴影正在悄无声息地向他袭来。他不知所措，如痴如呆地站在那里，并不设法去规避那幽灵般的阴影，似乎只要僵立不动，他就不会受到伤害。

"不可能。"他忽然说——这时他脑子里闪出一个新奇的念头，一个难解的疑团。他顺着这思路探寻着，好像正在研究某一个问题，而不是思索着一桩可怕的事情。随后他猛一转身，差点撞倒一个系着黑围裙的小姑娘。他匆忙沿着来路赶了回去。

康拉德在花园里写作。他到一楼的书房去取一个笔记本，正在窗前书桌里翻寻，蓦地看见欧比纳斯朝窗内张望。（"这人真讨厌，"他想，"他干吗又来打扰我？也不知道从哪儿钻出来的。"）

"喂，乌多，"欧比纳斯的嗓音发涩，听来有些古怪，"我忘记问你一件事，他们在车里说了些什么？"

"你说什么？"康拉德问。

"那两个人在公共汽车里说了些什么？你说过，当时你听得津津有味。"

"津津有味？"康拉德说，"哦，我明白了。是的，从某种角度讲，他们的谈话很有趣。记得我是想向你举例说明德国人总以为别人听不懂他们的话，是吧？你问的就是这件事吗？"

欧比纳斯点点头。

"噢，"康拉德说，"他们俩大声谈情说爱，我一辈子从没有听到过这么轻浮、庸俗、下流的情话。你的两个朋友无所顾忌地谈论他们的风流事，好像他俩独自待在天堂似的——一个下流的天堂，我看。"

"乌多，"欧比纳斯说，"你能为你说过的话起誓吗？"

"什么？"

"你说的句句都是真话吗？"

"当然。你怎么啦？等一等，我这就到园子里去。隔着窗子什么也听不清。"

他找到笔记本，走出门来。

"喂，你在哪儿？"他喊着。可欧比纳斯不在园子里。康拉德走到外边的小道上。没有人——他已经走了。

"我恐怕，"康拉德自言自语地说，"我恐怕刚才说了错话（……讨厌的韵脚！'不是吗，我恐怕……错话[1]？'真讨厌！）。"

1　英文原文是"I wonder ... blunder"，两字押韵。

三〇

欧比纳斯下山回到镇上。他没有加快脚步，而是按照原来的速度，稳步走过大街，来到他住的旅店。他上楼，走进他的——他们的房间。里面空无一人，床没有铺，地上洒了点咖啡，白白的地毯上有一只闪亮的小匙，他低头盯着那发亮的物件，这时楼下花园里传来玛戈尖嗓门的笑声。

他把头探出窗外俯身朝下看去。她和一个穿白短裤的青年并肩走着。她边说话边挥动手中的网球拍。在阳光下那球拍像金子般闪着光辉。她的同伴看见了三楼窗口的欧比纳斯。玛戈抬头一望，停下脚步。

欧比纳斯用胳膊做了一个把什么东西搂到怀里的动作：玛戈懂得，这是"上楼来"的意思。她点点头，懒懒地顺着砾石小路，朝两旁种着夹竹桃的大门口走来。

他离开窗子，蹲下来打开提箱的锁，忽然记起他要找的东西在另一个地方。他走到衣柜前，把手伸进他的黄色驼毛大衣的口袋。他迅速地查看子弹是否已经装好。随后，他候在门旁。

等她一开门，就打死她。根本不用向她提什么问题。事情已经一清二楚，清楚得可怕，一切都符合逻辑。他们一直在从容不迫地、狡猾地、巧妙地欺骗他。一定得杀了她，毫不迟疑。

他在门旁等候她，他的心则飞到门外去搜寻。现在她一定进了大门；她正乘电梯上楼。他期待着走廊上传来她笃笃的脚步声，然而他的想像超越了她前进的速度。周围悄然无声。他的思索得重新开始跟踪。他握着自动手枪，那枪像是他手臂的延长部分，它急切、紧张地想发射子弹。一想到用手指扣动钩形的扳机，他就有一种近乎肉欲的快感。

一听见她的橡胶鞋底的轻响，他差一点就要朝关着的白色房门开火。没错，她穿着网球鞋，走起来不会笃笃地响。是时候了！可就在这时，他听到另一个人的脚步声。

"我能去收拾吗，夫人？"门外有人用法语说。玛戈和女招待一道走了进来，他不自觉地将手枪放进了口袋。

"叫我干什么？"玛戈问，"你可以下楼去，不该那样无礼地招呼我上来。"

他没有答话，低头看看女招待把杯子和碟子等收拾到茶盘里，又从地下拾起那把小匙。她端起茶盘，笑了笑，走出门去。门关上了。

"欧比，出什么事啦？"

他垂下手，伸进衣袋。玛戈疼得哆嗦了一下，一屁股坐在旁边的椅子上，低着晒成棕黑的脖颈，急急忙忙解她那双白鞋的鞋带。他看着她光洁的黑发，看着她用剃刀剃过毛发的隐隐泛青的后颈。没法在她脱鞋的时候开枪。她的脚踝受了伤，血从白袜子里渗出来。

"真怪，我每次都要把这儿擦破。"她说着抬起头来，看到他手里那只黑沉沉的枪。

"那东西玩不得，傻瓜，"她不动声色地说。

"站起来，"欧比纳斯攥住她的手腕低声说。

"我不起来，"玛戈说着用另一只手脱袜子，"放开我。看，袜子粘在脚上了。"

他使劲摇晃她，连椅子都嘎嘎地响起来。她抓住床架，笑起来。

"请你开枪打死我吧，打吧，"她说，"就像我们看过的那出戏一样，那个黑鬼和枕头的故事，我就和她一样清白。"

"你撒谎，"欧比纳斯低声说，"你和那个流氓，你们一直在骗我，一直在欺，欺，欺骗……"他的上唇颤抖着，竭力克服自己的口吃。

"请你把那东西放下，不放下我就不跟你说话。我不知道你出了什么事，我也不想打听。我只知道一件事，那就是，我是忠于你的，我是忠实的……"

"好吧，"欧比纳斯喉咙沙哑地说，"要说什么你就说，不过说完之后，你得死。"

"你没有必要杀我——真的，没有必要，亲爱的。"

"说吧。"

（"如果我冲到门口，"她想，"也许能逃出去，然后我就大喊大叫，大家都会跑过来。不过这样一来事情就弄糟了——再也无法收拾了……"）

"你拿着那东西我就没法说话。请你把它放下。"

（"……能不能把那东西从他手里打掉？……"）

"不，"欧比纳斯说，"首先，你必须供认你干的好事……有人告诉我，我全都知道了……"他气急败坏地反复说着这句话，一边在屋里踱来踱去，用手掌捶打着家具。"我都知道，在汽车里他坐在你们后边，你们俩像情人一样打情骂俏。哼，我一定得杀了你。"

"我知道你会这样想的，"玛戈说，"我知道你不能理解我。看在上帝分上，欧比，把那玩意儿放下。"

"有什么可理解的？"欧比纳斯喊道，"有什么可解释的？"

"首先，欧比，你也很清楚，他对女人毫无兴趣。"

"住嘴！"欧比纳斯嚷道，"那是卑鄙的谎言。从一开头那就是一个下流的骗局。"

（"如果他开始大叫大嚷，危险就算解除了，"玛戈想。）

"真的，他的确对女人不感兴趣，"她又说，"不过有一回——是开玩笑——我对他说：'嘿，让我试试看，能不能让你忘掉你的男朋友。'我们俩心里都明白，这不过是开玩笑。真的，没有别的意思，亲爱的。"

"无耻的谎话，我不信，康拉德看见了，那个法国上校也

176

看见了。只有我一个人是瞎子。"

"唉，我经常跟他那样开玩笑，"玛戈镇静地说，"这特别逗乐。假若你不喜欢，以后我再不和他说笑就是了。"

"这么说，你们欺骗我只是为了取乐？真卑鄙！"

"我绝没有欺骗过你！你竟敢这样诬赖好人，他也不可能跟我合伙骗你，我们连嘴都没亲过，即使是亲一下嘴，我们俩也都会觉得恶心。"

"敢让我去问他吗？背着你，单独问他？"

"去吧，当然可以。他准保说得跟我一模一样。不过你自己反倒会弄得下不来台。"

他们这样唇枪舌剑地斗了一个钟头。玛戈逐渐占了上风，但她最后终于无法忍受，又哭又闹地发泄了一通。她穿着白运动衫扑到床上，光着一只脚，又伏在枕头上呜呜地哭了一阵，才逐渐平静下来。

欧比纳斯坐在窗前一张椅子上。外面阳光灿烂。网球场上传来英国人欢快的笑语声。他仔细回想着他们与雷克斯交往以来的每件细小的事情，有几件事已经蒙上了阴影——现在雷克斯的整个形象都笼罩在这阴影之中。事情已经不可挽回，不管玛戈怎样理直气壮地证明她一直忠于欧比纳斯，他心里已经结下了永远解不开的疑团。

最后他站起来走到床前，呆望着她那泛红、起皱的脚后跟，上边贴着一小块黑色胶布——她什么时候贴上胶布的？——他望着她苗条而结实的棕黄色小腿。他想，他可以杀死她，却无法离开她。

"好吧，玛戈，"他阴郁地说，"我相信你的话，可你得马上起来换好衣服。我们赶紧收拾东西，马上离开这儿，我再也不愿意见到他了。我自己也说不清究竟。并不是因为我相信你和他一道哄骗了我，不是的。我只是不愿意看到他。这件事太伤我的心了。行啦，不管怎么说，起来吧……"

"亲我一下，"玛戈温柔地说。

"不，现在不亲。我想尽快离开这儿……在这房里我差点杀了你，如果不赶紧走，我肯定还会杀你。快走。"

"走就走吧，"玛戈说，"不过别忘了，你曾经多么粗暴地侮辱了我，伤害了我对你的感情，你以后总会明白的。"

他们迅速地整理行装，既不说话，也没互相看一眼。搬运工进来给他们搬走了行李。

旅馆的露台上，雷克斯和两个美国人、一个俄国人在一株大桉树的树荫下打扑克。那天上午他手气欠佳。他正盘算着在下一轮洗牌的时候捣点鬼，或是悄悄地使用烟盒盖里镶嵌的镜子。（他不喜欢耍这些小花招，只有在跟新手打牌时才偶尔为之。）这时，他忽然看见，在木兰树那边，靠近车库的公路上，欧比纳斯的汽车笨拙地拐了个弯，消失了。

"出什么事了？"雷克斯自言自语道，"谁在开车？"

他付了赌债，然后跑去找玛戈。她不在网球场，也不在花园，他跑上楼去，欧比纳斯的房门半开着，屋里空无一人。衣柜敞着门，空了。盥洗盆上方的玻璃隔架也空了。地板上有一团撕破的报纸。

雷克斯咬咬下唇，走进他自己的房间。他隐隐怀着一个希望——也许他们会留下一张字条。他当然什么也没找到。他伸了一下舌头，下楼到门厅去——至少得看看他们是否替他付了房钱。

三一

许多人即使没有专门知识，在电路发生被人称为"短路"的神秘故障时，也能设法重新接通。他们还会用一把小刀拨一拨停摆的表，让它重新走起来。必要的时候，他们还能自己动手做一盘炸肉排。欧比纳斯可不是这样的人。他不会打礼服领带，不会修剪右手的指甲，也不会打包裹。若让他拔酒瓶的软木塞，他必会把木塞的一半弄碎，让另一半掉进去泡在酒里。小时候他不会像别的孩子那样做各式各样的手工活。及至长成一个青年，他也从没自己拆卸过自行车。他只会骑车，骑完就百事不管了。如果车胎被扎破，他就咯吱咯吱推着无法再骑的车到最近一家车铺去修——那声音像是穿着旧胶鞋走路。后来他学习修复旧画的行当，但他从不愿意自己动手干。战争期间，他是个出名的笨手笨脚、一事无成的人。由此看来，他驾车技术糟糕就不足为奇了。奇怪的倒是，他这种笨人居然还会开车。

他缓慢而艰难地驾着车，（和十字路口的警察发生了争执，但他始终不懂警察说的究竟是什么意思。）驶出鲁吉那镇之后，他稍稍加快了车速。

"你是不是可以告诉我，这车究竟要往哪儿开？"玛戈酸溜溜地问。

他耸耸肩，眼睛死死盯住亮闪闪的、黑中泛蓝的公路。在镇内拥挤的窄街陋巷中穿行时，他得不停地按喇叭，时常得"嘎"地来个急刹车，才能费劲地拐过弯来。现在车子开出了鲁吉那镇，在公路上畅通无阻地疾驰，杂七杂八的意念开始浮现在他的脑际：汽车越爬越高，公路逐渐伸入山里，很快就要进入盘山公路的危险地段……雷克斯的衣扣绊在玛戈睡衣的花边里……他的心情从没有像现在这样沉重，这样慌乱。

"我倒不在乎你把车开到哪儿去，"玛戈说，"不过我想问问清楚。行行好，靠右边走。你要是不会开车，咱们最好改坐火车，要不然就到附近的修车店去雇一个司机。"

远远开来一辆长途公共汽车，他猛地刹了车。

"怎样啦，欧比？让车子靠右边走就行了，何必停车呢？"

公共汽车隆隆开了过去，车上坐满旅游的人们。欧比纳斯重新发动了汽车。公路开始盘山而上。

"到哪儿去还不是一样！"他想，"不管到哪儿，都医不好我的心病。'最轻浮、庸俗、下流的情话——'气死我了！"

"我真懒得跟你废话了，"玛戈说，"不过看在上帝分上，拐弯的时候别那么猛。真见鬼，你到底怎么啦？我头疼得要命，你知道吗？不管你把车朝哪里开，只要能开到站，我就感激不尽了。"

"你敢在我面前对天发誓，说你是清白的吗？"欧比纳斯哽咽地说，热泪模糊了他的眼睛。他眨眨眼，公路又变得清晰起来。

"我敢发誓，"玛戈说，"我向你发誓都发腻了。再这样折磨我，还不如干脆杀了我算了。听着，我热极了，想脱掉大衣。"

他刹住车。

玛戈笑了。"这也用得着停车？唉，你呀！"

帮她脱大衣时，许久之前的往事又清清楚楚浮现在眼前：在一家蹩脚的小咖啡店里，他头一次注意到她脱衣服时如何扭动肩胛，如何低下秀美的头颈。

热泪止不住从他面颊滚下来。玛戈用臂膀搂住他，鬓角贴着他低下的头。

他们的车停在一堵矮墙旁边。那是一道厚厚的石墙，高约一英尺。石墙后是荆棘丛生的陡峭山谷。从幽深的谷底传来潺潺溪流声。左边是一道赭红岩山坡，坡顶上长着松树。炽热的骄阳炙烤着。前面不远处，一个戴墨镜的人坐在路边砸石头。

"我多么爱你，"欧比纳斯喃喃地说，"多么爱你。"

他抚摩她的双手，激动不已地爱抚着她。她轻声地、满足地笑了。

"让我来开吧，"玛戈恳求道，"我比你开得好。"

"不，我已经有些长进了，"他笑着说。他抽咽了一下，擤了擤鼻子。"真好笑，我也不知道该把车往哪里开。我好像把行李托运到圣雷莫去了。可我也许记错了。"

他发动引擎，车又开了。他感到汽车似乎变得驯顺了一些，再也用不着像刚才那样死死地握住方向盘了。前面弯道越来越多。公路的一边是陡峭的石壁，另一边是深谷。阳光晃得他睁不开眼。计速器指针颤抖着，向增速的方向移动。

前方有一个急转弯。欧比纳斯打起精神，准备格外小心地对付它。公路上方的高处，一位采药的老妇人看到峭岩右边的这辆小小的蓝色轿车朝着公路拐弯处驶来。从公路的另一端，两个骑自行车的人俯在车把上也朝这个未知的会合点飞驰而来。

三二

　　山上采药的老妇人看见汽车和那两个骑车的人从不同方向同时朝公路急拐弯处飞奔而来。一架邮政飞机穿过蓝天中闪亮的尘埃朝海岸方向飞去。飞行员能看见盘旋的公路，机翼的阴影掠过阳光灿烂的山坡和彼此相距十二英里的两座村庄。倘若飞机再升高一点，飞行员或许能看见普罗旺斯的群山以及远方的一座异国城市——也许就是柏林——那里的天气也很炎热，因为在这一天从直布罗陀到斯德哥尔摩的大片土地都沐浴着和煦的阳光。

　　这一天，柏林城里售出了大量冰制食品。伊尔玛先前总爱用贪婪的眼光，神情专注地瞧着卖冰淇淋的人往一小块脆薄饼上涂一层厚厚的黄颜色的东西。若是尝上一口，会冰得你舌头直跳，门牙发痛，心里却美滋滋的。伊丽莎白走上阳台，看到这么一位卖冰淇淋的小贩。使她感到奇怪的是，她穿着一身黑，那小贩却是一身白。

　　醒来时她感到焦躁不安。她头一次意识到自己从那种半痴半呆的状态中解脱出来了。这段时间里她已经习惯于这种恍惚迷离的感觉。她说不清现在为什么会有一种生疏的惆怅感。她在阳台上徘徊，思索着头一天发生的事。实际上什么也没有发生：像往常一样开车去教堂墓地，蜜蜂恋着她放在墓前的鲜花，坟墓周围的黄杨树篱笆闪着湿润的光辉。四周寂静无声，脚下的土地十分松软。

"出了什么事？"她困惑地想，"我为什么这样激动不安？"

从阳台上她能看见那个戴白帽子的冰淇淋小贩。阳台似乎在慢慢升向天空。炫目的阳光照在千家万户的房顶上——照耀着柏林、布鲁塞尔和巴黎，一直照到遥远的南方。邮政飞机正朝圣卡西安飞去。

那位老妇人在岩畔采药。后来至少有整整一年的时间，她将反复向人们讲述她亲眼看见的这一番情景……

三三

　　欧比纳斯弄不清他究竟从什么时候开始恢复知觉并了解到这一切：从他莽撞地驾车冲向那个弯道算起，已经过去了两个星期；他正躺在一家诊所，在格拉斯[1]，已经做过颅骨手术，曾长期处于昏迷状态中（因为脑内渗血）。总之，过了那么一段时间，这些零零星星的情况终于汇集到了一起——他还活着，完全恢复了知觉，并且知道玛戈和一位护士正待在他身边。他感到自己甜甜地睡了一觉，刚刚醒来，可他不知道现在是什么时间，也许还是大清早吧。

　　他的前额和眼睛厚厚地蒙着一层软绵绵的纱布，但缠在头顶的绷带已经解开。用手触摸新生的发茬时，有一种奇异的感觉。他的记忆中存留着一幅色彩鲜艳的图画，像是印在玻璃底板上的一帧彩色照片：泛着蓝色光泽的转弯，左边是红绿两色相间的岩壁，右边是一道白色胸墙。有人骑着自行车从对面驶来——两个风尘仆仆，身穿橘红运动衣的大汉。为了避免相撞，他猛地扭动方向盘——汽车一跃而起，越过右边的一堆岩石，刹那间挡风玻璃前赫然出现了一根电线杆。玛戈伸出的手

1　Grasse，法国城市。

臂横过画面——然后，幻象消失，眼前一片漆黑。

玛戈的叙述补充了他的回忆。昨天，也许是前天，或者更早一些——她向他讲述了事情的经过。确切地说，是她的声音在跟他说话。为什么只能听到她的声音呢？为什么这么久都看不见她本人？因为眼睛蒙着绷带。也许他们很快就会给我解开绷带……玛戈的声音说了些什么？

"……要没有那根电线杆，我们就会翻过那道矮墙掉下悬崖。真吓死人了！我臀部还带着一大块伤。汽车翻了个跟头，像一只鸡蛋似的摔扁了。那辆车值…… le car … mille … beaucoup mille marks.[1]"（这显然是讲给护士听的。）"欧比，法语'二万'怎么说？"

"管它呢，只要你活着就行！"

"两个骑自行车的人挺好心，帮着收拾我们失落的东西，可就是没找到那对网球拍。"

网球拍？阳光照在球拍上。为什么提起球拍我心里就不痛快呢？对了，在鲁吉那做了一场噩梦。我手里握着枪，她穿着胶底鞋走过来……全是胡闹——现在误会已经消除，一切恢复正常了……现在几点钟？什么时候可以解开绷带？什么时候能下床？报纸上——德国报纸上报道了这次事故吗？

他左右转动头部，绷带使他感到不舒服。感官不协调也使

---

1 法文，那辆车……千……许多千马克。

他觉得别扭。他的耳朵十分忙碌，一直在接收各种信息，而他的眼睛却什么也看不见。他不知道这房间是一副什么模样，护士和医生是什么长相。现在究竟几点了？是早晨吗？他睡了很久，睡得很香。窗户也许开着，因为他听见外面传来的马蹄声，还有自来水流进一个水桶的哗哗声。也许外边有一个院子，院里有一口井，朝阳照耀的梧桐树下有一片凉爽的树荫。

他一动不动地躺了一阵，竭力将耳里听到的不连贯的声音转变为相应的形状与颜色。这和观赏波提切利[1]绘画时的情景正好相反。人们看到画上的安琪儿总会想像他们有怎样的嗓音。现在他听到玛戈在笑，接着护士也笑了。她们一定是待在隔壁房间里，护士正在教玛戈说法文"Soucoupe, soucoupe[2]"——玛戈重复了几遍，两人都轻声笑了起来。

欧比纳斯小心翼翼地掀起绷带朝外看——他感到自己做了一件绝不该做的事情。但屋里仍然一片漆黑。他甚至看不见泛蓝光的窗户，也看不见夜间通常会映在墙上的光影。不管怎么说，现在是深夜，不是早晨，甚至也不是大清早。是一个没有月光的漆黑的夜晚。声音多么容易叫人产生错觉。不过，是不是窗帘捂得太厚呢？

隔壁房间传来令人愉快的茶具碰撞声。有人说："平常爱

1　Sandro Botticelli（1445—1510），意大利佛罗伦萨杰出的画家。
2　法文，茶碟，茶碟。

喝咖啡，不大爱喝茶。"[1]

欧比纳斯在床头柜上摸索，找到了小小的台灯，他按了一下开关，又按了一下，可屋里仍然漆黑一片。似乎这黑暗太沉重了，谁也驱赶不动。也许电源插头被拔掉了。他用手指摸索着找火柴，找到了一盒。里边只有一根火柴。他划火柴，听见它哧哧地响了一阵，像是点着了。可他看不见火焰。他扔掉火柴，忽然闻到一股硫磺味。真怪。

"玛戈，"他突然喊道，"玛戈！"

一阵急促的脚步声，门开了。可屋里仍然黑洞洞的。如果门外也这么黑，她们怎么能在那儿喝咖啡呢？

"开灯，"他气恼地说，"请你把灯打开。"

"你真不听话，"玛戈的声音说。他听见她匆匆走过来。周围肯定没有一丝亮光。"你不该自己打开绷带。"

"你说什么？你好像能看见我，"他结结巴巴地说，"你怎么能看见我呢？打开灯，听见没有？赶快开灯！"

"Calmez-vous[2]，别激动。"护士的声音说。

这些响声、脚步声、说话声，像是来自另一个世界。不知怎么回事，她们似乎远在天边，却又近在眼前。黑暗包裹着他，像一道不可穿越的墙壁横在他和她们之间。他揉揉眼皮，惊惶四顾，左冲右撞，却怎么也闯不出这冥冥的黑暗。这黑暗

1　此句原来是法文与德文相混合。

2　法文，请安静。

似乎成了他身体的一部分。

"这不可能！"欧比纳斯绝望地说，"我要发疯了！打开窗户，别站着不动！"

"窗户是开着的，"她轻声说。

"也许是阴天……玛戈，要是在大晴天我兴许能看得见，也许戴上眼镜能看见一点光亮。"

"躺着别动，亲爱的，现在是早晨，太阳好极了。欧比，你真让我生气。"

"我……我……"欧比纳斯深深吸了一口气，胸腔急剧膨胀，像是要爆炸开来。接着，他发出一声撕心裂肺的狂吼……而他一吼完，胸腔里又开始充满怒气。

三四

　　他的刀口愈合了，伤养好了，头发也重新长了出来。但那堵厚厚的黑墙却依然纹丝未动地耸立在他的眼前。他惊恐地狂叫。在屋里扑来滚去，疯狂地抓挠。想撕开挡在眼前的东西，这样地发作了一阵，他已经处于半昏迷状态。过不了多久，他又得重新承受那大山一般沉重的压抑。这情景恰像一个人从梦中醒来，却发现自己被埋进了坟墓。

　　然而渐渐地，他不像先前那样动不动就发作了。他会在大白天一连几小时仰躺在床上，一言不发，一动不动地谛听周围的声音。那些声音似乎在欢欢喜喜地与别人交谈，对他却不理不睬。他会忽地想起鲁吉那的那天早晨——这场灾难就是从那时候开始的——想到这里他又会痛苦地呻吟起来。他可以想像出天空，想像出蓝幽幽的，明暗相间的远景，苍翠的山坡上点缀着粉红色的屋舍。这梦幻般的美景他先前却很少去注目凝望，很少。

　　在医院里，玛戈把雷克斯的一封来信大声读给他听：

　　"亲爱的欧比纳斯，我不知道哪件事更使我感到震惊——是你莫名其妙的不辞而别呢，还是你遭遇的这场不幸的车祸。尽管你的行为深深地伤害了我，但我仍然深切同情你的不幸，特别当我想到你对绘画的热爱，对色彩与线条之美的热爱。美妙的色彩与线条使得视觉居于我们一切感官的首位。

"今天我打算离开巴黎去英国，从那里再去纽约，过一段时间我才会再回德国来。请向你的伴侣转达我诚挚的问候。或许正是她那乖张骄纵的脾气使你抛弃了我与你的友情。啊，这个反复无常的女人，只有她的秉性本身是始终一贯的。然而她也像许多女人一样，渴望得到别人爱慕；如果爱她的男子由于不善言辞、面目可憎或性情古怪而引起她的蔑视与反感，她就会转而怨恨这个男子。

"相信我，欧比，我挺喜欢你，尽管平时我并没有充分表露出这种感情。不过，假若当初你直截了当对我说，我的在场已经使你们两人感到厌恶，那末我本会十分赞赏你的坦率，而且，当我回想起我们一道谈论绘画，一同在色彩的世界中漫步的情景时，这愉快的回忆也就不会因为你悄然离去而蒙上阴影。"

"噢，这像是一个同性恋者写的信，"欧比纳斯说，"不过，不管怎样，我很高兴他离开我们了。玛戈，也许因为我不信任你，上帝已经惩罚了我，但灾祸也会降临到你头上，如果……"

"如果什么？欧比，说下去……"

"哦，没什么。我相信你。噢，我相信你。"

他沉默下来，接着又开始发出既像呜咽又像怒吼的压抑的声音。这总是他在黑暗的压迫下歇斯底里发作的开端。

"居于我们一切感官的首位，"他用颤抖的嗓音重复着这句话，"是啊，一切感官的首位……"

等他安静下来，玛戈告诉他，她要去旅行社一趟。她吻了他的面颊，然后沿着街道的背阴处匆匆走去。

她走进一家凉爽的小客店，坐到雷克斯身边，他正在喝白葡萄酒。

"告诉我，"他说，"看了信之后，那个可怜虫说了些什么？我的信没什么破绽吧？"

"恰到好处。星期三我们就动身去苏黎世找那位眼科专家看病。请你去订票。不过你不要和我们坐在同一节车厢里——这样安全一些。"

"我怀疑，"雷克斯漫不经心地说，"他们是否肯白送我三张车票。"

玛戈温柔地笑了。她从手提包里取出钞票来。

"一般说来，"雷克斯说，"如果把钱交给我管，事情就会简单得多。"

三五

欧比纳斯在医院的花园里散步，他眼前是漆黑的深夜，耳里却听到大白天才会有的各种欢愉的声音。每当他艰难地迈出一步，脚下的砾石路就沙沙响一阵，那副样子实在可怜。尽管这样散步了几回，他的身体状况还远不能适应去苏黎世的旅行。一到火车站，他就开始发晕。一个盲人头晕目眩时的感觉是最古怪，最难以忍受的。嘈杂的响声、脚步声、说话声、车轮声响成一片，一些又尖又重的危险物体似乎都在朝他扑过来，吓得他茫然失措。尽管玛戈搀扶着他，他仍然时刻担心会撞到什么东西上。

在车上他感到一阵阵恶心，因为他只能听到铿锵的响声，感到车厢的晃动，却丝毫觉不出火车在朝前开动，不管他多么努力地想像窗外景物在迅速地后移。到苏黎世之后，他又得摸索着在看不见的人群中艰难地穿行，各种障碍物和尖锐的棱都屏息敛声伺伏一旁，随时准备撞到他身上。

"唉，走呀，怕什么！"玛戈不耐烦地说，"我领着你呢。好了，待在这儿别动，该上出租车了。抬腿。别这么缩手缩脚的。我看你简直胆小得像两岁的娃娃。"

那位著名的眼科教授仔细检查了欧比纳斯的眼睛。他说话的声音柔和殷勤，所以欧比纳斯把他想像成一个老人，长着一副牧师般的面孔，胡须剃得很干净。其实那位医生年纪不大，还蓄着标致的小胡子。他的诊断在欧比纳斯听来没有多少新的内容——视神经在脑内的交叉部位受到损伤，过些时候或许会长好，或许会萎缩，两种可能性都有，几乎是一半对一半。但不管怎么说，从病人目前的状况看来，他最需要的是得到彻底的休息。最好能到山里住一段时间疗养院。

"到时候我们再看情况，"教授说。

"到那时候就看得见吗？"欧比纳斯苦笑了一下说。

玛戈对疗养院没有多大兴趣。他们在旅馆里碰到的一对爱尔兰老夫妇愿意租给他们一幢避暑小别墅。房子就在某疗养胜地的山上。玛戈和雷克斯商量了一下，把欧比纳斯托给一个雇来的护士，他们俩一道去查看那幢别墅。房子挺不错——两层楼，房间小巧而又干净，每扇房门上都固定着一只盛圣水的杯子。

雷克斯觉得这地方的位置挺中意：一栋孤零零的小屋，高高坐落于山顶，隐藏在一片茂密的黑杉林中，离山下村落和客店只有一刻钟的路程。雷克斯为自己挑选了楼上一间阳光最充足的房间，又到村里去雇了一位厨娘。他郑重其事地跟厨娘谈了一次话。

"我们付给你这么高的报酬，"他说，"因为要雇你去侍候一个由于受到剧烈的精神刺激而瞎了眼的病人。我是负责为他治病的医生，但是，根据他目前的精神状态，一定不能让他知道，在他和他的侄女居住的那幢房子里还住着我这个大夫。所以，如果你口风不严，直接或间接地泄露了秘密——比如说跟我讲话的时候让他听见了——你就要对影响病人的康复承担法律责任。我相信，这种过失在瑞士将会受到严厉制裁。另外，我劝你不要接近我的病人，也不要跟他搭话。他患有狂暴型分裂症。可以告诉你，他曾经一拳打在一位老太太脸上，把她打成了重伤。（那老太太跟你有许多相似之处，不过没你这么漂亮。）当然我绝不希望再发生这种事情。记住，如果你到村里多嘴多舌，把事情传出去，引起了大家的好奇心，惹得我的病人发起病来，他就会先砸烂你的脑袋，再捣毁那栋房子。懂了吗？"

那女人吓得正想拒绝这个报酬优厚的工作，雷克斯却又向她担保，说有那个侄女在身边服侍，她根本用不着和瞎子见面，那瞎子也并不惹是生非。厨娘这才答应接受这项差事。雷克斯又告诉厨娘，不管肉铺伙计还是洗衣女工都不许进别墅。安排停当之后，趁玛戈回去接欧比纳斯的工夫，雷克斯搬进了别墅。他把所有的行李都弄进屋去。然后筹划了一番，决定各个房间如何分配、布置，并挪走了所有多余、易碎的物品。他走进自己的房间，一边快活地吹着口哨，一边把几幅颇不体面的钢笔画钉到了墙上。

将近五点钟的时候，雷克斯从望远镜里看到，从遥远的山下开来一辆出租汽车。身着一件艳红色无袖紧身衫的玛戈钻出车来，然后扶欧比纳斯下车。他耸着肩，戴着墨镜，活像只猫头鹰。汽车掉过头去，转过一个弯道，消失在茂密的树丛后边。

玛戈挽着欧比纳斯的胳臂，他显得既温顺，又笨拙。他用拐杖探路，沿着山间小道爬上来。他俩时隐时现地在杉树丛中穿行，最后终于来到小小的花园露台前。面带惧色的厨娘小心翼翼地走过来迎接他们，她帮玛戈提着箱子，眼睛尽量不去打量那个危险的疯子。（顺便交待一句，厨娘已经成了雷克斯手下一名忠心耿耿的仆人。）

雷克斯俯身窗外，朝玛戈做着滑稽的姿势——他以手按胸，然后抖动着伸开双臂——把《笨拙》周刊上的漫画人物模仿得惟妙惟肖——当然，他表演的是哑剧。假若在平时，他准会一边抖，一边发出滑稽的尖叫。玛戈抬头朝他微笑着走进别墅。她仍然挽着欧比纳斯的胳膊。

"把我带到各个房间去看一看，跟我讲讲这儿都有些什么，"欧比纳斯说。他并不是真有那么高的兴致，而是以为他这样要求会使玛戈高兴，因为她总喜欢搬到新地方住。

"一间小餐室，一间小客厅，一个小书房，"她边解释说，边领着他查看一楼的房间。欧比纳斯摸摸家具，拍拍屋里的各种物件，好像在拍陌生儿童的头似的。他极力辨认着方向。

"那么，窗户一定在那边。"他蛮有把握地指着一堵白墙。

他猛地撞在桌子角上，却忍痛伸出手来在桌面上比划，假装在测量桌子的大小。

随后，他们并肩走上嘎吱作响的木楼梯。雷克斯坐在楼梯顶上，拼命忍着不敢笑出声来。玛戈朝他晃着一个手指发出警告，他小心地站起来，踮起脚尖退了回去。这样的谨慎其实并无必要，因为木楼梯在盲人脚下发出了极大的响声。

他们拐进走廊。雷克斯已经回到自己的房门口。他用手捂着嘴，朝他们鞠了几次躬，好几次蹲下身子躲过他们。玛戈恨恨地朝他摇头——这种玩笑太危险了，雷克斯像顽童似的在屋里钻来钻去。

"那是我的卧室，这是你的卧室，"她说。

"为什么要分开？"欧比纳斯快快不乐地问。

"唉，欧比，"她叹了一口气，"你知道医生是怎么嘱咐的。"

他们看完了所有的房间（自然不包括雷克斯那一间）。为了证明玛戈是个好向导，欧比纳斯打算不要她搀扶，独自在别墅里转一转。可他刚走了两步就迷失了方向，撞在墙上。他歉疚地笑了笑，接着又差点打翻一个脸盆。他无意中走进了靠拐角的房间（正是雷克斯住的那间房，不通别的房间，只能从走廊进去），不过这时他已经晕头转向，还以为那是浴室呢。

"小心，那是堆东西的贮藏室，"玛戈说，"别碰了头。回来吧，该上床休息了，这样跑来跑去恐怕对你没什么好处。今天是例外，以后可不能让你到处乱跑啦。"

　　实际上他也已经疲惫不堪了。玛戈扶他上床，又给他端来晚饭。欧比纳斯入睡之后，她去找雷克斯。因为还不知道这幢屋子的隔音效果如何，他们俩只敢低声耳语。其实他们满可以放声讲话，欧比纳斯的卧室离得相当远。

三六

　　欧比纳斯如今生活在一层不可穿透的黑幕之中，这遭遇使他的思想和情感具有了某种肃穆，甚至高尚的成分。过去的时日在一场剧变中消逝了，在他与往昔的生活之间隔着无边的黑暗。记忆中的情景像图画一样不断浮现在他眼前——系着花围裙的玛戈把紫红的帷幕撩到一边（现在他多么渴望再看一眼那暗红的颜色！）；玛戈打着一把鲜艳的雨伞，轻快地走在布满深红色雪水坑的街上；玛戈赤条条地站在穿衣镜前，嘴里啃着一个黄面包卷；玛戈穿着那件闪闪发光的游泳衣，扔过来一个球；玛戈穿着银色夜礼服，露出晒得棕红的肩膀。

　　他想起了妻子。他们的共同生活似乎笼罩在一层柔和、暗淡的光芒之中，某些往事偶尔会从这一片朦胧之中显露出来：妻子浅色的头发在灯下闪着光；灯光照在一幅画的画框上；伊尔玛玩着玻璃球（每个球里嵌着一道彩虹）……这一切变成朦胧一片，随后又能看到伊丽莎白又轻又慢的动作，像是漂浮在水中一样。

　　往昔的一切，连最令人痛惜、羞惭的事情都蒙上了一层虚幻、迷人的色彩。他无限懊悔地发现，自己先前竟没有充分地发挥眼睛的作用。现在，眼前的五颜六色都在混沌的背景上移动，各种物件的轮廓都模糊不清。比如，当他回忆起往日熟悉的风景时，除了橡树和玫瑰，他叫不出其他任何树木的名字。除了乌鸦和麻雀，别的鸟名他也叫不上来。即使这几样东西，存留在他记忆中的也不是它们在自然界中的模样，而是纹章上的图案。他先前讥笑过一位狭隘的专家，说他若去做工，定会沦为工具的奴隶，若去拉琴，也必会变成提琴的附件。欧比纳斯懂得，他和那浅薄的专家并没多大区别。欧比纳斯的专长是艺术鉴赏，他一生中最大的成就是发现了美丽的玛戈。然而现在玛戈已经不复存在，只剩下她的话语声，她衣裳的窸窣声和她身上发出的脂粉香。他曾经把玛戈从那黑洞洞的小影院里带出来，现在她似乎又退回到那一团漆黑之中。

然而欧比纳斯不能总是用美的思索和道德的内省来安慰自己。他无法总是使自己相信，肉眼视觉的丧失意味着心灵眼睛的复明；他无法欺骗自己去幻想他与玛戈的生活已经变得更幸福、更充实、更纯洁；他也无法静下心来仔细品味玛戈对自己的忠诚。在患难之际她仍忠心耿耿地陪伴着他，这情分的确使他深受感动。这个看不见的玛戈，像一个娴雅稳重的天使，她劝他安心静养，不要冲动。她简直胜过了最贤惠的妻子。当他在黑暗中握住她的纤手，正要对她讲一番感激的话时，他忽然极想用眼睛看到她的模样。这强烈的欲望压倒了他的理智，预先想好的言辞也忘在脑后了。

雷克斯特别喜欢跟他坐在同一个房间里，观察他的举动。

玛戈靠在那盲人胸前时，常把脸扭向一边，眼望天花板作个无可奈何的鬼脸，或是朝欧比纳斯吐吐舌头。和盲人脸上欣喜、怜爱的表情相对照，这情景实在是滑稽极了。玛戈会灵巧地挣脱他的怀抱，回到雷克斯身边。雷克斯穿一条白裤子坐在窗台上，赤着趾头修长的脚，光着上身——他喜欢让阳光炙烤他的脊背。欧比纳斯仰靠在一把扶手椅上，身穿睡衣裤和一件松宽的袍子。他脸上长满胡碴儿，太阳穴上一道亮闪闪的嫩疤，那模样活像一个很久没刮过脸的囚犯。

"玛戈，上我这儿来，"他伸出双臂哀求道。

雷克斯喜欢冒险。他时常踮着脚尖走到欧比纳斯跟前，极为敏捷地摸他一下。欧比纳斯便会发出一阵充满柔情蜜意的呻吟，伸出臂膀去拥抱想像中的玛戈。雷克斯却无声无息地闪到一边，又回到窗台上——那是他惯于栖息的地方。

"亲爱的，过来呀，"欧比纳斯恳求说。

他艰难地从扶手椅里站起来，摇摇晃晃朝她走去，坐在窗台上的雷克斯赶紧缩起双脚，玛戈则大声威胁欧比纳斯说，再不听话就撇下他不管，找一个护士来陪伴他。于是他只好歉疚地笑一笑，蹒跚地回到自己的座位上。

"好吧，我听话，"他叹了一口气，"给我读点什么好吧？读报纸吧。"

她又望着天花板翻了翻眼睛。

雷克斯小心翼翼地坐到沙发里，把玛戈抱到自己膝上。她展开报纸，铺平，自己先看一遍，然后开始大声朗读。欧比纳斯不时点点头，一边慢慢品尝看不见的樱桃，把看不见的核吐在手心。雷克斯的嘴唇也一伸一缩地蠕动，他在模仿玛戈读报。有时他装着要让玛戈从他膝头上掉下来，于是她读报的声音会戛然而止。她还得重新寻找突然中断了的那句话。

"这也许是最好的结局，"欧比纳斯想，"我们的感情变得更纯净了。假使她一直伴随着我，就证明她真的爱我。那就太好了。"

他忽然抽抽搭搭地哭起来，拧着自己的双手，哀求她带他去找另一位眼科大夫，不行再找第三个、第四个——他愿意动手术，受苦——只要可以恢复视觉，他愿付出任何代价。

雷克斯不出声地打了个哈欠，从桌上的碗里抓了一把樱桃，到花园里去了。

在最初的那段时间里，雷克斯和玛戈都很谨慎，尽管他们也喜欢开各种无害的小玩笑。为了防备欧比纳斯突然闯来，雷克斯在走廊通向他自己卧室门的地方用盒子和箱子构筑了一道路障。每天夜里玛戈越过这道障碍去和他幽会。其实，自从上次在别墅周游一遍之后，欧比纳斯对探索屋内地形失去了兴趣，但他对自己的卧室及书房已经相当熟悉。

玛戈向他描述了周围的各种色彩——蓝色的糊墙纸，黄色的百叶窗——不过在雷克斯唆使下，她故意颠倒黑白乱说一通。瞎子不得不按照雷克斯编造的色彩来想像周围的小世界，这情景使雷克斯乐不可支。

在自己的房间里，欧比纳斯觉得他几乎能够看得见周围的家具物品了，这使他有了一种安全感。然而坐在屋前花园里的时候，他感到自己置身于一个广阔无垠的陌生世界，周围的一切都如此巨大，虚幻，嘈杂，他无法凭想像来把握它们的形态。他试着锻炼听觉，想借助声音来推测物体的运动。此后不久，雷克斯就感到自己的进出已经不容易瞒过欧比纳斯的耳朵。不管他多么轻手轻脚，欧比纳斯都会立即转过头来问道："你来啦，亲爱的？"当玛戈从另一个方向答话时，他会为自己错误的判断而显出懊丧的神情。

日子一天天过去，欧比纳斯的听觉越来越灵敏，雷克斯和玛戈也变得越来越放肆：他们已经习惯于将欧比纳斯的失明当作安全的屏障。起初雷克斯在厨房里吃饭，老艾米丽亚在一旁以仰慕的目光呆望着他。后来他索性坐到欧比纳斯和玛戈的饭桌旁，跟他们一道进餐。他的吃法巧妙，一点声音也没有，刀叉从不碰响碗碟。他像无声电影中的人物那样无声地咀嚼，完全与欧比纳斯颚部的动作以及玛戈的说话声合拍。每当两个男人咀嚼和吞咽的时候，她就故意大声讲话。有一次雷克斯呛了一口饭，当时玛戈正在给欧比纳斯倒咖啡，他忽然听到桌子另一端发出了异样的咳呛声。玛戈立即开始大声说话，可欧比纳斯止住她，举手指着前边问道："那是什么声音？什么声音？"

雷克斯端起盘子，用餐巾捂着嘴，踮脚离开了饭桌。可是当他侧身穿过半开的门时，一把叉子掉在了地上。

欧比纳斯在椅子上猛一转身问道："什么声音？那是谁？"

"噢，是艾米丽亚，别大惊小怪的。"

"可她从不上这儿来呀！"

"今天就来了嘛！"

"我觉得我开始幻听了，"欧比纳斯说，"比如说，昨天我清清楚楚听见有人光着脚板悄悄走过了走廊。"

"你得留点神，不然你会精神失常的，"玛戈冷冰冰地说。

下午欧比纳斯通常要午睡，她有时就和雷克斯出去散一会步。他们去邮局取信件、报纸，或是爬上山去看瀑布。有两回他们一道去山下一座漂亮的小镇上的咖啡店，有一次在回来的路上，当他们沿着通向别墅的陡峭小路爬上山时，雷克斯说：

"我劝你不要老跟他提结婚的事。我担心，正因为他遗弃了他的妻子，他现在就把她当成了画在教堂玻璃窗上的圣徒。他不愿意砸坏这扇窗户。有一个更简单、更保险的办法，就是慢慢地把他的财产搞到我们手里来。"

"我们不是已经从他手里弄到了一大笔吗？"

"你得让他卖掉波美拉尼亚的地产，还有他收藏的那些画，"雷克斯说，"或者让他卖掉柏林的房子。只要稍动脑筋，就可以办得到。目前看来，他的支票本用起来挺方便，他签字的时候不假思索，像机器人似的。不过银行里的存款很快就会枯竭，我们得抓紧时间。最好在今年冬天离开他。走之前可以给他买条狗，以表明我们的感激之情。"

"小声点，"玛戈说，"已经走到岩石跟前了。"

那是一块巨大的灰色岩石，形状像一头羊，石头上爬满了牵牛花。它等于是一块界石，过了界，说话声就会传进别墅。于是他俩默默地走着，几分钟之后来到了花园大门前，玛戈忽地笑了起来，用手指着一只松鼠。雷克斯投过去一颗石子，没有打中。

"打死它！它们把树都啃坏了，"玛戈轻声说。

"谁把树啃坏了？"有人大声问，是欧比纳斯。

他晃晃悠悠地站在一小级石阶上，在一丛紫丁香中间。石阶连接着下边的小路和上边的草坪。

"玛戈，你在下边跟谁说话？"他问。他忽然滑了一跤，重重地跌坐在石阶上。

"你好大胆，一个人跑到这么远的地方来了？"她一把揪住他，扶他站起来。他手上沾了些碎石粒，于是他伸开手指把石粒掸掉，那动作真像一个小孩。

"我想抓一只松鼠，"玛戈边解释，边把拐杖塞到他手里，"你以为我在干什么呢？"

"我以为……"欧比纳斯说，"那是谁？"他高喊一声朝雷克斯转过头去，身子差点又失去平衡。雷克斯正小心翼翼地穿越草坪。

"这儿没别人，"玛戈说，"只有我。你干嘛这么慌张？"

她开始失去耐心了。

"扶我回屋去，"他几乎是眼里噙着泪说，"周围的声音太多，太乱：树，风，松鼠，还有说不出名字的东西，吵得我晕头转向……"

"从现在开始不许你出门，"她说着把他拖进屋里。

随后，像往常一样，太阳落在了邻近山岭的后边。像往常一样，玛戈和雷克斯并肩坐在长沙发上抽烟。几步之外，欧比纳斯坐在他的皮靠椅里，用一双混浊的蓝眼凝视着他俩。应他的请求，玛戈给他讲述自己的童年。她很乐意做这件事。欧比纳斯睡得早，他慢慢地爬上楼梯，每上一级就用脚尖和拐杖探一探路。

半夜醒来的时候，他伸手去摸卸掉玻璃面的闹钟的指针，寻找指针的位置。时间大约是一点半。他感到心神不宁，却说不出什么缘由。近来他无法再使自己沉浸在庄重而美好的内省之中，只有那样的思索才能帮助他抵御恐怖的黑暗。

他躺着寻思：

"是什么令我不安呢？伊丽莎白？不，她离得很远，深藏在心底。那里藏着一个亲切、苍白、忧郁的人儿，绝不能轻易打搅她。玛戈吗？也不是。这种兄妹般的关系只是暂时的。那究竟是什么使我不安呢？"

他从床上爬起来，摸索着朝玛戈的房门走去（那是他卧室的惟一出口），自己也不知道想干什么。她在夜间总是锁上房门，这样就等于把他关在里边了。

"她想得真周到，"他满怀温情地想。他把耳朵贴在锁孔上，想听听她沉睡中的呼吸声。但他什么也没听见。

"睡得真安静，像一只小老鼠，"他轻声说，"我只想摸一下她的额头，然后就回来。也许这次她忘了锁门。"

他拧了一下门把手，并没抱多大希望。哦，她没忘记锁门。

他忽然想起，当他还是个淘气的孩童的时候，在一个炎热的夏夜，在莱茵河上的一座住宅里，他从自己的房间出来，顺着屋檐爬进了女佣的卧室（竟发现她正与人相伴而眠）——可那时候他生得轻巧灵敏；那时候他的眼睛看得见。

"为什么不再试一次呢？"他想。在苦闷中他更加无所顾忌。"如果我掉下去摔断了脖子，那又有什么不好呢？"

他先找到拐杖，然后把身子伏到窗外，用拐杖朝左边窗台的上方，向隔壁房间的窗户探去。窗子开着，手杖触到窗玻璃时发出"丁——"的响声。

"她睡得真死！"他想，"一定累极了，整天都在照顾我。"

他收回拐杖的时候，勾着了什么东西，他一松手，拐杖坠下楼去，隐隐听见"砰"地响了一声。

欧比纳斯扶着窗框爬上窗台，顺着墙檐向左移动，用手抓住一个东西——他猜测是水管——跨过冷冰冰的铁管弯道，抓住了隔壁房间的窗台。

"多么简单！"他不无骄傲地想，"喂，玛戈！"他轻声唤道。他想从洞开的窗子爬进屋去，脚下一滑，差点仰面跌落到下边深不可测的花园里。他的心嗵嗵地跳着。他顺着窗台爬进屋里，撞倒一个沉重的器具，发出很大的响声。

他静静地站着，满脸淌着汗。他觉得手上有黏糊糊的东西（那是松脂，这所别墅是用松木建造的）。

"玛戈，亲爱的，"他兴奋地唤道。没有回答。他摸到了床，上面铺着花边床罩——她没睡这张床。

欧比纳斯坐在床上思索。如果没有罩着床罩，床上还有余温的话，他就不难猜到，她马上就会回来。

过了一会，他离开房间来到走廊（没有拐杖，走路很不方便）。他仔细倾听，似乎听到什么地方传来一阵莫名其妙的沙沙声。他有些毛骨悚然了，便大声喊道：

"玛戈，你在哪儿？"

周围仍然寂静无声。然后一扇门打开了。

"玛戈，玛戈，"他边喊边在走廊里摸索着向前走。

"我在这儿，"她平静地回答。

"你怎么啦，玛戈？为什么还没上床睡觉？"

在漆黑的过道里，她撞在了他身上。他伸手摸她，发现她赤裸着身体。

"我在晒太阳，"她说，"每天早晨都这样晒一晒。"

"可现在是夜晚，"他喘息着说，"你把我弄糊涂了。什么地方出了毛病。我知道，因为我摸过闹钟指针现在是一点半。"

"胡说。现在是早晨六点半，外边阳光好极了。你的闹钟走得不对，谁叫你老是摸指针呢！告诉我，你是怎么从卧室出来的？"

"玛戈，现在真是早晨吗？你说的是实话吗？"

她忽然走到他跟前，踮起脚来，像往昔那样用双臂搂住他的脖子。

"现在是白天，"她温存地说，"不过，你要是特别想的话，亲爱的……我们就破例来一次……"

她并不十分情愿，可又没有别的办法，现在欧比纳斯再也不会注意到：空气仍然凉爽，鸟儿也还没开始唱歌。他惟一能感觉得到的是火一般热烈的享乐，后来他美美地睡了一觉，一直睡到中午。醒来的时候玛戈责骂他不该翻窗冒险。看到他尴尬的笑容，她更是火冒三丈，竟打了他一耳光。

那一整天，他都坐在客厅里回味那个幸福的早晨，心想不知再过多少天才能美梦重温。忽然间，他分明听见有人轻咳了一声。那不是玛戈。他知道，玛戈在厨房。

"谁？"他问。

没人答话。

"又是幻觉！"欧比纳斯烦躁地想。随后他蓦地意识到，夜里使他心神不宁的正是这些他有时候听到的奇怪的声音。

"玛戈，告诉我，"她回来的时候，他说，"除了艾米丽亚，这所房子里没有别人吗？你可以肯定吗？"

"你疯了！"她回答得很干脆。

然而一旦起了疑心，就很难摆脱它的纠缠。他整天沉闷地坐着，侧耳聆听。

雷克斯很喜欢观赏欧比纳斯的这副模样，尽管玛戈求他多加小心，他却依旧满不在乎。有一次，他居然在离欧比纳斯只有两尺远的地方学起黄鹂的叫声来。玛戈不得不解释说，一只鸟落在了窗台上。

"撵走它，"欧比纳斯板着脸说。

"嘘，嘘……"玛戈边假装赶鸟，边用手捂住雷克斯的厚唇。

几天之后，欧比纳斯说："我想跟艾米丽亚谈谈。我喜欢她做的甜糕。"

"绝对不行，"玛戈说，"她耳朵聋，而且怕你怕得要命。"

欧比纳斯认真地想了一阵。"那不可能，"他慢吞吞地说。

"什么不可能？"

"哦，没什么，"他轻声说，"没事。"

过了一会，他又说："玛戈，我早该刮刮脸了。给我从村里请个理发师来吧。"

"不必要，"玛戈说，"你留胡子更好看。"

欧比纳斯感到有人——不是玛戈，是玛戈身旁的另一个人——哧地笑了一声。

三七

　　办公室里的一个同事递给保罗一份《柏林日报》，上边刊载了关于那次汽车事故的一则短讯，保罗立即驾车回家，生怕伊丽莎白也读到这条消息。她没看到，虽然十分奇怪的是，家里居然有一份载有那则新闻的《柏林日报》。他们平常不读这种报。当天保罗打电报给格拉斯警察局，最后与医院的大夫取得了联系。大夫回电说，欧比纳斯已经脱离危险，但已双目失明。他很婉转地把这个消息转告了伊丽莎白。

　　由于他和姐夫正好在同一家银行开有户头，他轻而易举地查出了欧比纳斯在瑞士的地址。银行经理是保罗做生意的老朋友，他把欧比纳斯从瑞士不断开来的支票拿给保罗看。开支票的日期都相距很近，似乎欧比纳斯急于用钱，而且提取金额的数量之大很使保罗惊讶。签字是真的，虽然拐弯的地方不够圆滑，而且整个名字可怜巴巴地朝下倾斜。不过，支票的钱数却是另一个人写的———一个男人的粗犷笔迹，运笔中还要带出一点花饰。看起来像是有人捣鬼。他猜想也许瞎子是在人家指使下签名，却并不知道支票上的真实钱数。奇怪的是，他为什么要取这么多钱———似乎他，或者别的什么人，急不可耐地要尽可能从银行挪出最大数额的存款。还有一张支票，提取的金额超过了银行的规限。

"这里边有鬼，"保罗想，"我敢断定。可究竟是捣的什么鬼呢？"

他想像着欧比纳斯如何独自厮守在那个危险的情妇身边，完全听她摆布，眼前是一片黑暗……

又过了几天，保罗越来越感到不安，并不仅是因为欧比纳斯仍在签署看不见的支票（不管怎么说，钱是他自己的，他有意滥花，还是无意中受骗，那谁也管不着——伊丽莎白不需要这笔钱，而且现在也不必为伊尔玛着想了）。保罗担忧的是，欧比纳斯陷入了自己造成的恶劣困境，孤单无靠，任人摆布。

一天晚上，保罗回到家里，看见伊丽莎白正在收拾一只提箱。奇怪的是，几个月来她头一次显得面容开朗一些了。

"怎么回事？"他问，"你要出门吗？"

"要出门的是你，"她轻声说。

三八

第二天，保罗来到瑞士。他从布里戈德雇了一辆出租汽车，约一小时后到达了欧比纳斯所在的小镇。保罗的车停在邮局前，邮局里一位很爱饶舌的年轻女管理员告诉他去别墅怎么走。她还补充说，陪欧比纳斯住在那儿的是他的侄女和一位医生。保罗立即乘车前往。他知道那侄女是谁。可他没想到还请了一位医生。看来欧比纳斯的处境比想像的要好。

"也许我来这一趟完全是多此一举，"保罗不安地想，"说不定他过得挺好。不过，既然来了，总可以跟那个大夫谈谈。这个可怜虫，遭了一场大劫……当初谁想得到……"

那天上午玛戈和艾米丽亚一道去镇上。她没有留意到保罗的出租汽车。可是在邮局里她听说一个壮实男子刚才在打听欧比纳斯的情况，而且已经开车上山找他去了。

与此同时，欧比纳斯和雷克斯正面对面坐在小客厅里，阳光透过通往台阶的玻璃门倾泻进来。雷克斯坐在一张折叠椅上，全身赤条条的。由于每天进行日光浴，他那精干健壮的身体晒得棕黑，胸膛上的黑毛形状像一头展翅的鹰。他的丰厚的红唇间衔着长长的一根草。他交叉着多毛的双腿，一只手托着下巴（这姿势很像罗丹雕塑的"思想者"），正注视着欧比纳斯。欧比纳斯也似乎在同样专注地打量着他。

盲人身穿宽大的鼠灰色晨衣，胡须满面，聚精会神。他在听——最近他什么也不做，总在听。雷克斯注意到这个变化，他正在观察，盲人的面部如何清楚地反映着内心的活动，似乎在失去视力之后，脸就变成了一只大眼睛。做一两个小实验也许会更加有趣：他轻拍一下自己的膝头，欧比纳斯正把手伸向紧皱的眉头，此时立即僵坐不动，一只手停留在空中。雷克斯又微微前倾，用他衔过的那棵草的尖端轻触欧比纳斯的前额。欧比纳斯疑惑地哼了一声，用手挥走想像中的苍蝇。雷克斯用草碰碰他的嘴唇，于是他又无可奈何地重复一遍赶苍蝇的动作。这的确是有趣的娱乐。

盲人蓦地昂起头来。雷克斯也转过头去，透过玻璃门，看见一个戴花格帽的壮实男子。他立即认出了那人的红脸膛。那人站在台阶上，正迷惑不解地朝屋里张望。

雷克斯用手指按着嘴唇，又比划了一下，意思是稍等一会，他马上就出来。但那男子已推开玻璃门闯了进来。

"我认得你，你叫雷克斯，"保罗深吸了一口气，盯着浑身赤裸的男子说。雷克斯脸上仍挂着微笑，仍用手指按着嘴唇。

这时欧比纳斯站了起来，脸上那道疤痕的红色似乎扩展到整个额头。他忽然又是尖叫，又是结结巴巴地吵嚷，很难听清他究竟在说什么，好半天才从这些刺耳的声音中听得出他的意思。

"保罗，我一个人在这儿，"他嚷道，"保罗，你说呀，这儿只有我一个人。那人到美国去了，不在这儿。保罗，我求求你。我的眼睛瞎了。"

"可惜被你搅了一场好戏，"雷克斯说。他走出客厅打算上楼去。

保罗夺过盲人手中的拐杖，追上雷克斯。雷克斯转身抬手保护自己。菩萨心肠的保罗，一辈子从未伤害过任何生物，现在却猛挥手杖，重重地打在雷克斯头上。雷克斯朝后一闪——脸上仍僵挂着笑容——这时忽然出现了一个奇特的场面：像被撵出天堂的亚当一样，雷克斯抖瑟着靠在白墙上，面带着凄婉的笑容，用一只手护着他的裸体。

保罗又朝他扑过去，他却躲闪着跑上了楼梯。

这时有人从后边撞在保罗身上。那是欧比纳斯——他呜咽地哭吼着，手持一个大理石镇纸。

"保罗，"他哽咽着说，"我都明白了。把大衣拿给我，快。就在那边的衣柜里。"

"哪个衣柜？那个黄颜色的？"保罗气喘吁吁地问。

欧比纳斯立即在大衣口袋里摸到了要找的东西，他停止了啜泣。

"我马上带你走，"保罗边说边喘气，"脱掉晨衣，把大衣穿上。把镇纸给我。听话，我来帮你……好了，戴上我的帽子。拖鞋就不用换了。咱们走吧。快，欧比。我雇了一辆汽车。首先得让你跳出这个火坑。"

"等一等，"欧比纳斯说，"我得跟她说几句话。她一会儿就回来。我一定得办这件事，保罗，用不了多少时间。"

保罗却不容分说地把他拖到花园里，高声召唤司机。

"我得跟她谈谈，"欧比纳斯又说，"她没走远。保罗，求求你，告诉我，她是不是已经回来了？"

"没有，你别激动。咱们得赶紧走。这儿一个人也没有，只有那个光着身子的怪物，正从窗子里朝外看呢。走吧，欧比。"

"好的，"欧比纳斯说，"不过，你要是看见她，一定得告诉我。也许我们会在半路上碰到她，那我得跟她说几句话。快了，快了。"

他们顺着小路往下走，刚走了几步，欧比纳斯忽地仰面倒下，晕了过去。出租车司机连忙跑过来，和保罗一道把他抬进汽车。他的一只拖鞋掉在了小路上。

这时一辆马车跑上山来。玛戈跳出马车。她朝他们跑去，嘴里喊着什么。可是汽车已经开始在公路上掉头，倒车的时候差点把玛戈撞倒。汽车猛地朝前一冲，消失在公路拐弯的地方。

三九

星期二，伊丽莎白接到电报。星期三晚上八点左右，她听到保罗在门厅里讲话，还有一只拐杖的"笃笃"声。房门打开，保罗把她丈夫领了进来。

他的脸刮得很干净，戴着一副墨镜。他额上有一道浅色的疤。他穿着她不熟悉的一身酱紫色衣服（他本人绝不会挑选这种颜色），显得有些松松垮垮。

"他来了，"保罗轻声说。

伊丽莎白抽泣起来，用手绢捂着嘴。欧比纳斯朝着哭声传来的方向，默默地鞠了一躬。

"来呀，咱们洗洗手吧，"保罗说着，领他慢慢穿过房间。

三人坐在餐厅里吃晚饭。伊丽莎白不大敢看她的丈夫。她感到丈夫似乎能觉察到她的目光。看到丈夫缓慢的动作和凝重的神情，她心中混杂着怜悯与欣慰。保罗跟他说话时像跟小孩说话一样，还帮他把盘子里的火腿切成碎丁。

他住到了伊尔玛先前的育儿室里。伊丽莎白自己也感到惊奇，她居然如此轻易地搅扰了这间沉睡中的神圣小房，更换了房内所有的物品，来接纳这个陌生、高大、沉默的盲人。

欧比纳斯没有说话。起初，确切地说——还在瑞士的时候——他曾执拗地要求保罗把玛戈找来，他发誓说这是最后一次会面，用不了多长时间。（是啊，在黑暗中摸到她跟前，紧紧抓住她的一只手，用枪管顶住她的腰把子弹射进去，这的确花不了多少时间。）保罗毫不通融地拒绝了他的要求，此后欧比纳斯一言未发。旅途中他沉默不语，到柏林后也不讲话。三天以来他一句话也不说，所以伊丽莎白再也没听到他的声音（也许只有一次例外）：他或许不仅瞎了，而且哑了。

那黑沉沉的物件——那藏纳着七次死亡的法宝——外边裹着他的丝绸围巾，静卧在他大衣口袋深处。回家之后，他把那东西转移到床头柜里，把钥匙装在马甲口袋中，夜间则压在枕下。有一两回，人们注意到他手里好像攥着什么东西，可谁也没有理会这件事。那把钥匙在手里摸着，袋里装着，他就感到像是记住了"芝麻开门"的咒语，总有一天——他毫不怀疑——能扯开遮挡在他眼前的黑幕。

他仍旧一言不发。伊丽莎白的存在，她轻轻的脚步和细声耳语（现在她总是压低嗓门对佣人和保罗说话，好像屋里有患重病的人），正像他对她的记忆一样朦胧迷离；往昔的印象在他脑海中慢悠悠地回转缭绕，带着一点科隆香水的气味。现实生活像一条蟒蛇般残忍、灵巧、健壮，他渴望毫不耽搁地毁灭它。但是，她究竟在哪里？他说不出。他可以异常清楚地想像出，他离开之后玛戈和雷克斯收拾行装的情景：两人都相当敏捷，手脚修长灵活，骨碌碌转动的眼里露着凶光；地上放着几口打开的提箱，玛戈谄媚地抚摩着雷克斯；他们一道出了门。可是，他们到哪儿去了？黑暗中竟没有一丝亮光。然而，他们俩蜿蜒的足迹却烧灼着他的心，正像令人作呕的毛虫从皮肤上爬过时的感觉。

三天在沉默中过去了。第四天清早，屋里只有欧比纳斯一个人。保罗到警察局去了（他想澄清几件事），女佣在屋后的房间里，伊丽莎白彻夜失眠，现在尚未起床。欧比纳斯焦躁不安地摸索着家具和房门。书房里的电话响了好一阵，这使他想到，他可以用这个方式得到某些消息：也许有人能告诉他，画家雷克斯是否已经回到了柏林。但是他不记得任何一个电话号码，而且他知道，尽管那名字很短，他却无法将它说出口。电话铃仍响个不停。欧比纳斯摸到桌旁，拿起那看不见的话筒……

一个熟悉的声音说，想找霍钦沃特先生——那就是保罗。

"他出去了，"欧比纳斯说。

那声音迟疑了一会，忽然惊喜地说：

"哦，您是欧比纳斯先生吧？"

"是的。你是谁？"

"我是希弗米勒，刚才我给霍钦沃特先生的办公室打了个电话，他还没到那儿呢。所以我以为他还在家里。真幸运，找到您了，欧比纳斯先生！"

"有事吗？"欧比纳斯问。

"也许一切都正常，不过我想我有责任把事情办得稳妥一些。彼德斯小姐刚才来了，来拿东西……嗯……我让她进了你的公寓，不过我不知道……所以我想最好还是……"

"让她拿吧，"欧比纳斯艰难地说（他的嘴唇发木，像注射了可卡因麻药一样）。

"你说什么？欧比纳斯先生？"

欧比纳斯费了很大气力才说出："让她拿吧。"这次说得很清楚。他放下话筒，手还在抖。

他跌跌撞撞摸回房间，打开"宝柜"的锁。他摸索着走进门厅，想找帽子和手杖。那太花时间了。他不能耽搁那么久。他小心地探着路走下楼梯，紧紧抓住楼梯扶手，嘴里不停地低声咒骂。一会儿他来到街上。什么冰凉的东西滴在他的额头上，下雨了。他贴在屋前花园的铁栏杆上，心里绝望地祈祷着，希望听到出租汽车的鸣笛声，他很快就听到湿漉漉的轮胎从容不迫驶过的沙沙声。他大声呼唤，但轮胎声无动于衷地走远了。

"我帮你过马路好吗？"一个年轻人愉快的声音问。

"行行好，给我叫辆汽车，"欧比纳斯恳求道。

又听见轮胎驶过来的声音。有人把他扶上车，"砰"地关上车门。（四层楼有人打开了窗子，但已经太晚了。）

"向前走，向前，"欧比纳斯轻声说，汽车开动之后，他敲敲车窗，把地址告诉了司机。

"我可以数拐了多少弯，"欧比纳斯想。第一个弯——这里应该是摩兹街。左边可以听到有轨电车的丁当声。他用手摸摸车座、前隔板和地板，忽然感到不安起来，因为或许会有另一个乘客坐在他身旁。又拐了一次弯。该到维多利亚－路易广场了，还是布拉格广场呢？马上就到恺撒路了。

汽车停了下来。已经到了吗？不可能。车停在十字路口了，至少还要再开五分钟……但是，车门开了。

"五十六号就在这儿，"司机说。

欧比纳斯走出汽车。迎面传来兴奋的说话声，跟刚才电话里听到的声音一模一样。那是管房子的希弗米勒。他说：

"您好呀欧比纳斯先生。那位小姐在楼上，在您公寓里。她……"

"嘘——"欧比纳斯轻声说，"请您付钱给司机。我的眼睛……"

他的膝盖撞到什么东西上边，那东西颤抖着发出"叮——"的响声——也许是人行道上的一辆儿童自行车。

"领我进屋去，"他说，"把公寓的钥匙给我，快。带我去乘电梯。不，不，你就待在楼下，我自己上去。我会按电钮。"

电梯发出轻微的嗡嗡声，他有些头晕。然后，电梯地板好像猛推了一下他的软拖鞋的鞋底。他到了。

欧比纳斯走出电梯，摸索着朝前走。他的一只脚踏空了——那是通到楼下的楼梯口。他身子发抖，不得不站下来让自己恢复平静。

"在右边，再靠右一点，"他轻声说。他向前伸着双手走向楼梯平台。他终于找到锁孔，把钥匙插进去，旋转。

好，行了。好多天来，他一直渴望着听到这个声音——就在左边，在小小的客厅里……那边传来包装纸的沙沙声，和轻微的嘎吱声，像是有人蹲下的时候关节发出的声音。

"过一会请你来一下，希弗米勒先生，"是玛戈的尖嗓门，"你得帮我拿这个……"

话音中断了。

"她看见我了，"欧比纳斯想，一边从衣袋里掏出手枪。

左边，在客厅里，他听见旅行包锁上时的"咔哒"声。玛戈满意地哼了一声——总算锁上了——用唱歌似的嗓门说道：

"……把这个袋子拿下去，你也可以打电话叫……"

说到"叫"字的时候，她的声音好像转换了方向，随后戛然止住。

欧比纳斯右手握枪，随时准备射击，左手摸到开着的房门门框，进门，用力把门关上，然后用脊背抵住门。

屋里寂然无声。但他知道，只有他和玛戈在这里，而且这间房只有一个出口——被他堵住了。他可以清楚地看见这间屋子，清楚得像是他的眼睛恢复了光明——左边是带条纹的沙发；靠右墙有一张小桌，上边摆着一个陶瓷的芭蕾舞演员雕像；墙角靠窗处是一个橱柜，藏有多幅珍贵的小型画；屋子中间摆着一张大桌，桌面光亮平滑。

欧比纳斯伸出握枪的手，慢慢移动手枪，想引诱她发出一点声音，借以确定她的位置。他觉得她在小型画橱柜附近的什么地方。他感到从那个方向传来一点热气，混杂着"蓝晨"牌香水的味道。那个角落有什么东西在抖动，就像大热天海滨沙滩上方的空气一样。他缩短了手枪移动的幅度，这时忽然听到轻微的沙沙声。开枪吗？不，还不到时候。得走得再近一些。他撞到房子中间的桌子上，于是站住不动了。他觉得玛戈在悄悄溜向一侧，但他自己的身体，虽然没怎么移动，却发出很大的响声，使他听不到她的动作。现在她到左边来了，靠近窗子。她要是头脑发昏，打开窗子喊叫就好了——那样他就可以瞄得很准。但是，如果他往前走，她顺着桌边绕到他身后，那怎么办？"应该锁上门，"他想。不行，没有钥匙（房门总不帮他的忙）。他用一只手抓住桌子边沿，倒退着把桌子拖到门旁，然后用背顶住桌子。他感觉到那团热气在移动，缩小，隐退。封锁了出口之后，他心里踏实多了。他又举枪瞄向黑暗中那个正在抖动的活物。

他向前移动，尽量不发出一点声音，这样他才能觉察到最细微的响声。蒙上眼睛捉迷藏……那还是许久以前的一个冬夜，在一所乡间别墅里。他撞着一件硬物，伸出一只手摸索它，同时丝毫不放松地追踪着房间另一端的目标，那是一只小提箱。他用膝头将提箱顶到一旁，继续朝前移动。他已经把那看不见的猎物逼到一个想像中的墙角。起初，她的沉默使他相当恼恨，但现在他能清楚地辨出她的方位，他觉察到的不是她的呼吸，也不是她的心跳，而是一个概括的印象——她本人的存在。顷刻间他将毁灭这个存在，然后他将获得平静、安宁与光明。

忽然，他觉察到面前角落里那一团绷紧的东西松弛了一下。他动了一下枪管，把代表着她的存在的那团热气逼了回去。那热东西似乎猛地弯下了身子，像风吹火苗一样。它蠕动着，伸展着……朝他的腿部移来。欧比纳斯再也忍耐不住了，他发出一声低吼，勾动了扳机。

枪声撕裂了眼前的黑暗，接着有什么东西击中了他的膝盖，将他打倒。随后一只椅子被扔过来，和他纠缠在一道。摔倒的时候手枪掉到了地上，但他马上又找到了枪，握在手中。与此同时他听到急促的呼吸声，嗅到香水和汗混合的气息。一只冰冷、灵巧的手试图夺走他手中的枪，欧比纳斯抓住了一个活物，那活物发出一声怪叫，像噩梦里一个怪物被另一个怪物呵痒时发出的尖叫。他抓到的那只手夺走了他的手枪，他感到枪管戳在自己身上。似乎在遥远的地方，在另一个世界，发出了一个沉闷的响声，他感到腰部被猛刺了一下，同时眼前闪现出一道炫目的光芒。

"完事了，"他安详地想，好像他是静躺在一张卧榻上，"我得安静一会，然后再踏着明晃晃的沙滩慢慢走向蓝蓝的海浪。蓝色中蕴藏着无边的幸福。从没想到，蓝颜色能蓝到这个地步。受够了尘世的纷扰。现在终于醒悟了。来呀，来呀，把我淹没。它来了。真痛。我喘不过气来……"

他低头坐在地板上，慢慢地朝前倾斜，然后像一个软绵绵的大洋娃娃一样，向一侧倒了下去。

最后无声的一幕（舞台指示）：

房门——敞开着。桌子——从门旁挪开了。地毯——在靠桌腿的地方挤得凸了起来，像静止的波浪。椅子——倒在一个男子的尸体附近，那男子身穿酱紫色衣服，脚下一双软拖鞋。看不见手枪——压在他身下了。藏有小型画的橱柜——空了。另一张小桌子上，很久前曾摆过一尊陶瓷芭蕾舞演员雕像（后来挪到了别的房间），现在放着一只女人手套，面子黑，里子白。带条纹的沙发旁立着一只小巧的提箱，上面依然拴着一个彩色行李标签，上边写着："鲁吉那，不列颠旅店"。

从门厅通向楼梯的门也敞开着。

译者后记

　　俄裔美国作家弗拉基米尔·纳博科夫出生于沙皇时代圣彼得堡的名门世家，从小受到良好的教育，十五岁就出版了第一册诗集。他父亲是一位立宪民主党政治家，一九一九年携家流亡欧洲，一九二二年被俄国右翼保皇党人枪杀。同年，纳博科夫从英国剑桥大学毕业，随全家迁居柏林、巴黎，在这两个城市住了十几年。在两次世界大战之间，大批俄国知识分子流亡到欧洲，他们开办俄文印刷厂，出版质量颇高的文学刊物，为俄国移民文学的发展提供了条件。这个特殊的历史环境造就了一代年轻的俄国移民作家，纳博科夫就是一个杰出的代表。他用俄文写作，以"西林"（俄罗斯传说中的神鸟）为笔名发表了一系列诗歌、散文以及《玛丽》（1926）、《王，后，杰克》（1928）、《防守》（1930）、《黑暗中的笑声》（1932）、《天赋》（1937—1938）等长篇小说。纳博科夫的作品以崭新的面目从俄罗斯文学传统中脱颖而出，引起了人们的注意。他的几部小说先后在英、法、德等国翻译出版，到一九四〇年移居美国的时候，他已经是俄国移民中公认的名作家，在西欧文学界也小有名气了。

　　然而当时对移民怀有偏见的美国，知道纳博科夫这个名字的不过百十来人。在为躲避纳粹迫害而"第二次流亡"的岁月里，纳博科夫一边靠教书谋生，一边继续写作。由于自幼就打下了扎实的英文基础，也为了适应新的环境，他开始改用英文写作，陆续在《纽约客》、《大西洋月刊》等有影响的杂志上发表作品。纳博科夫对美国式英语的运用日益纯熟，赢得了越来越多的美国读者，但直到一九五五年发表长篇小说《洛丽塔》的时候，他的整个文学生涯才发生了巨大的转折。这部小说写一个受情欲煎熬的中年教授亨伯特·亨伯特与早熟的浪荡姑娘洛丽塔之间的恋爱故事，以讥诮的笔调、新奇的结构和绝妙的语言勾勒出纳博科夫眼里的美国，并且用寓意、揶揄模仿（parody）等手法，在小说中织入了有关艺术和人生的多种主题。这部"深奥"的小说屡遭出版商拒绝，最后被巴黎的奥林匹亚出版社接受下来。奥林匹亚虽曾为法国先锋派文学出过一点力，却素有出版色情书刊的名声，这就为《洛丽塔》带来了更多麻烦。小说出版后不久，英国下议院将它当作"淫书"来抨击，并通过政府途径向法国施加压力，使这本书在法国和欧洲另几个国家成为禁书。然而美国海关却并不对它设防，于是《洛丽塔》迅速风靡美国，人们争读奇书，相析疑义，注家蜂起，众说纷纭，在欧美文坛刮起了一场"洛丽塔旋风"。纳博科夫本人在驳斥种种荒谬的指责后说，这部小说是"一个美丽的谜"。尽管在此后十几年里人们一直在争论不休地设法解这个谜，但《洛丽塔》已经成为美国小说史中的一部重要作品却是公认的事实。《洛丽塔》带来的收入使纳博科夫能够辞掉学校的工作，全力从事写作。小说的成功为这位移民作家在美国及世界的文学市场打开了销路。在后来大约二十年中，除了诗歌、散文、评论和大量短篇小说之外，纳博科夫又发表了《普宁》(1957)、《微暗的火》(1962)、《阿达》(1969)、《透明物体》(1972)、《看那些小丑！》(1974)等长篇小说，而且将他的俄文小说全部译成了英文，使他的早期作品获得了第二次生命。纳博科夫以他的创作不断向公众证明，《洛丽塔》作者的声誉并非侥幸得来。他那幽默机智的文笔和变幻无穷的技巧使一位评论家惊叹道：纳博科夫"轻易地超越了任何一个用英文写作的小说家"。他创造的"纳博科夫式小说"是六七十年代一支突起的异军，对当代美国小说发展起了不可低估的影响。难怪另一位评论家说："不研究纳博科夫就无法了解今天的文学与上一代文学之间的差别。"一个英语并非其母语的外国作家竟能在群星竞灿的美国文坛获得如此煊赫的声名，在美国文学史上恐怕很难找到先例。

评论纳博科夫时最好不要急于将他归入某个流派。他本人在不同场合多次表示，不应按照机械的原则硬将作家套进某某主义的模子；他也反对作家过分依赖现成的文学传统或模式，甘心充当时尚和潮流的俘虏。他说："世上只有一种艺术流派，就是天才派。"他总在追求艺术创新，捍卫艺术的纯洁性。他不赞成"为艺术而艺术"的口号，但他相信，"使一部小说流传不衰的，不是它的社会影响，而是它的艺术价值"。他不喜欢所谓"十九世纪现实主义"传统，连司汤达、巴尔扎克和左拉都被他贬为"可憎的庸才"。他尤其反对"逼真"地模仿现实，因为世上没有逼真的模仿，任何作者都在歪曲地模仿现实。他公开声称自己的小说就是一种揶揄式模仿，而"揶揄模仿的深处含有真正的诗意"。纳博科夫的小说从形式、结构到内容都充满了幽默的摹拟，他本人作为叙述者时常会站到前台来讲话，或是颠倒时序，或是直接干预情节的发展，往往使作品读来"像是中世纪的梦中幻境"。所以有人把他的小说称作"寓意小说"、"玄奥小说"或"超小说"。这种"反写实"的艺术特征在他的后期作品《微暗的火》、《阿达》中表现得最为充分，然而在常被人们忽视的他的早期俄文小说中，"纳博科夫式小说"的基本主题、结构与技巧已经初具端倪，研读这些作品能为我们了解这位作家深湛而繁丽的艺术全貌提供一个清楚的脉络。

《黑暗中的笑声》就是纳博科夫俄文小说中的一部佳作。这本书于一九三二年在柏林写成，在巴黎、柏林两地出版，书名为《暗箱》(*Camera Obscura*)；一九三六年由韦·洛伊译为英文，仍用原书名，在伦敦出版；一九三八年由纳博科夫本人作大幅度修改并重新翻译后，在纽约出版，定名为《黑暗中的笑声》。

上文说过，揶揄模仿是纳博科夫常用的一种艺术手法。

他的小说《眼睛》模仿十九世纪爱情故事，《绝望》模仿侦探小说，《洛丽塔》模仿忏悔录等文学形式，《黑暗中的笑声》则仿效二三十年代电影中盛行的那种廉价的三角恋爱故事。原书名《暗箱》，含有摄影机之暗箱、暗室或任何一个黑暗空间的意思，和《黑暗中的笑声》一样，都可以使人联想到熄灯后的电影院。小说一开始就以电影为题，引出主要人物之间的关系。男主角欧比纳斯想用动画片这种新技巧让古代大师的画作"活动起来"，于是提议与讽刺画家雷克斯合作。欧比纳斯（简称欧比）对影院引座员玛戈一见钟情，"着了魔似的爱看电影"的玛戈一心梦想当影星，当她确信欧比属于能为她"登上舞台和银幕提供条件"的阶层时，便决定与他来往了。欧比为招待明星多丽安娜而举办的宴会则为玛戈与昔日的情人雷克斯重逢提供了机会，从此构成三角关系，直到小说以悲剧结束。小说的结构，从章节的长短不一，时空的频繁转换，到画外音和动作说明的不断插入，以及"摇镜头"（如车祸一章）等手法的运用，都令人联想到电影。在小说进展中，除了与电影有关的情节之外，作者还不时在发出"电影讯号"：欧比像影片中常见的那样，头也不回地塞给出租车司机一枚钱币；在瑞士别墅里，雷克斯"像无声电影中的人物那样咀嚼"；玛戈更是从头至尾在模仿电影——她绝望之后便跑到舞厅，"像电影里被遗弃的少女一样"；她调情时让眼睛"像剧场的灯光一样逐渐转暗"；她会让豆大的泪珠停在鼻梁边，但有一次她想作出破涕为笑的模样，可惜却"流不出眼泪来"。这模仿的讽刺针对着双重目标：流行影片已经俗不可耐，书中人物还要去拙劣地模仿，就更其可笑。读者不禁会在心中发问：究竟是电影在模仿生活，还是生活在模仿电影？

除了模仿电影，小说自身的情节也在互相模仿。例如雷克斯将女房东锁进了浴间，玛戈后来把欧比关在卧室；欧比与玛戈兄弟的争吵滑稽地模仿了不久前欧比与妻弟保罗的对话；雷克斯逃避保罗追打时的姿势，酷似名画中"被撵出天堂的亚当"。欧比弃家出走后，伊丽莎白在公园看见一只小猴逃离主人爬上树梢不肯下来，她忽然泣不成声地喊道："它再也不会回来了！"在这里，猴子的滑稽模仿引起的笑，已经带着苦涩的味道。这一环套一环的、层出不穷的揶揄摹拟绝不仅是为了博人一笑。它使人产生丰富的对比与联想，将人带到新的观察高度。

纳博科夫显然不打算把《黑暗中的笑声》写成一部所谓"电影小说"。模仿电影的一个主要目的，像模仿其他艺术形式一样，是为了造成一种"反写实"的印象与效果。小说的开头是"从前，在德国柏林，有一个……"这寓言式的开场在向读者暗示：这不是真事，而是编出来的故事。作者还有意违反说故事的传统禁忌，在开头第一段里就把故事的主要内容及结局和盘托出，还说："这就是整个故事，本不必多费唇舌，如果讲故事本身不能带来裨益和乐趣的话。"

讲故事比故事重要，讲故事的方式——小说的结构、形式、文体，尤为重要，讲故事的人更要主宰一切。纳博科夫要用情节的线索，"随心所欲"地牵动木偶（人物）去滑稽地模仿出故事来，还要努力制造出虚幻、神秘的气氛。

细心的读者会发现，《黑暗中的笑声》中不止一次地出现过"预言"式的镜头。在进影院之前，欧比看到电影广告上画着一个男子抬头望着一扇窗子，窗内有一个穿睡衣的小孩。这预示着女儿生病的夜晚所发生的事情。女儿出生时，等候在外边的欧比眼前忽然闪过旧影片中送葬的镜头。这预示着女儿夭折后的葬礼。欧比在影院里初次见到玛戈时，银幕上出现了一个女郎在持枪男子的威逼下"往后退缩"。三天后欧比又去那家影院，银幕上一辆汽车正在险峻的山路上飞驰，"前方是急转弯"。这两个镜头明确地预示了后来的车祸和故事的最后一幕。但欧比没有看到电影的开头，所以不感兴趣。实际上他和玛戈的一场戏才刚刚开锣。这些令读者掩卷回想时恍然大悟的"预言"使小说显得影影绰绰，像一连串蹊跷的谜。

伊尔玛死后是否曾显灵，更是个有趣的话题。有人著书讨论纳博科夫若干部小说中出现的"鬼魂"，谈及《黑暗中的笑声》时，举出十多处例证，说明伊尔玛死后确曾在父母间暗递信息。虽然纳博科夫不一定真要请鬼魂出场，但那些地方的确写得扑朔迷离，颇有"鬼气"，或许他是在模仿神怪小说呢。

《黑暗中的笑声》中还借用色彩象征的手法来渲染寓言式的神秘气氛。例如，书中用白色来象征欧比与玛戈发生瓜葛之前的平静生活，红色象征他对情欲的追求，黑色象征他的厄运。欧比纳斯这个名字本身，在拉丁文中就有"白色"的含义（俄文版中主角是另一个名字，与白色无关）。小说的开头，欧比似乎生活在一片平凡而宁静的白色之中。妻子对他的爱"像百合花一般雅淡"，卧室的供暖设备"漆成了白色"（俄文版中没有），床边电话是白色的（俄文版中为黑色）。伊尔玛出生时，欧比在医院"刷了白灰，涂了白瓷釉"的走廊里徘徊，他恨那些"头戴白帽"的护士，恨那"令人沮丧的一片白色"。红色则代表欧比的欲念。他所追求的玛戈经常穿一件红衫，以至于他把书房里的红绸靠垫当成了玛戈，深夜跑去跟"她"幽会。玛戈曾向欧比扔来一个红靠垫（俄文版中她只是跺了跺脚）。他俩初遇的影院门前，路面映着"深红色"的灯光，欧比则"踩进了一个血红色的水坑"。这些地方看来都不是无端的闲笔，因为作者在重译并改写这部小说时特地加强了色彩的意象。

黑色的寓意更为明显，往往与白色形成对照。女儿出世前欧比厌恶医院里的一片白色，他眼前忽然"下起一阵黑色的细雨"，那是旧影片中的一个送葬的镜头，预示着女儿和他本人的不幸结局。当他开始怀疑玛戈时，感到"一个庞大的黑色阴影"正向他袭来。他一转身,撞到一个"穿黑围裙"的小姑娘身上。出事故前他看到路边坐着一个"戴墨镜的人",那一段公路的颜色则是"黑中泛蓝"。车祸之后,远在柏林的伊丽莎白在阳台上看见一个卖冰淇淋的小贩。"使她感到奇怪的是,她穿着一身黑,那小贩却是一身白",因为按作者的意思,伊丽莎白应由白色来代表。这自然是暗藏的幽默之笔,但这黑白对比亦暗示着欧比命运的突变——他双目失明,堕入了黑暗的深渊。是穿"黑色毛衣"的引座员玛戈把欧比领进黑洞洞的影院,又引向了永久的黑暗。欧比未失明时,辨不出雷克斯伪造的假名画,也看不出玛戈的庸俗和雷克斯的奸诈,因为愚昧和情欲蒙蔽了他的观察力,其实他早已处于盲目的黑暗之中。这不同层次的"黑暗"框架(书中不断出现门框、窗框、银幕框的意象),结构出一个梦魇般的世界。在那里,善总是受挫,恶一再得逞,美的背后原来是丑,真实早已被虚假的幻象和拙劣的模仿所湮没。

成篇累牍的论文在谈及纳博科夫小说中的揶揄模仿、预言暗示和色彩象征的时候,难免有附会或臆断之处,但纳博科夫本人却很少正面作答。他愿意让"具有创造性的读者"去揣测他笔下的那些梦和谜。

纳博科夫一向反对用艺术来说教,但他的作品并非与社会和道德全然无关,至少他的主题之一是描述在道德歧路上徘徊者的惶惑、悔愧和痛苦。然而他笔下的人物往往既"不真实",

又不可爱，因为他最不愿哄骗读者把小说当成真事，硬去与书中人物认同。他运用种种手法，努力在读者与人物之间拉开一段距离，使读者能跳出小说之外，去作更深入的联想与思索。这也许就是纳博科夫的"超小说"引人入胜而又耐人寻味的一个原因。